历代笔记小说大观

清异录

江淮异人录

〔宋〕陶穀　吴淑　撰　孔一　校点

图书在版编目(CIP)数据

清异录 江淮异人录/(宋)陶縠 吴淑撰;
孔一校点.—上海:上海古籍出版社,
2012.11(2024.3重印)
(历代笔记小说大观)
ISBN 978-7-5325-6340-1

Ⅰ.①清…②江… Ⅱ.①陶…②吴…③孔… Ⅲ.
①笔记小说—小说集—中国—宋代 Ⅳ.①I242.1

中国版本图书馆CIP数据核字(2012)第0444984号

历代笔记小说大观
清异录 江淮异人录
[宋]陶縠 吴淑 撰
孔一 校点
上海古籍出版社出版、发行
(上海市闵行区号景路159弄1-5号A座5F 邮政编码201101)
(1)网址:www.guji.com.cn
(2)E-mail:guji1@guji.com.cn
(3)易文网网址:www.ewen.co
常熟文化印刷有限公司印刷
开本635×965 1/16 印张9 插页2 字数123,000
2012年11月第1版 2024年3月第9次印刷
印数:12,151—13,250
ISBN 978-7-5325-6340-1
I·2494 定价:24.00元
如有质量问题,请与承印公司联系

总　目

清 异 录

［宋］陶　穀　撰
孔　一　校点

校点说明

《清异录》，宋陶穀（903—970）撰。穀字秀实，邠州新平（今陕西邠县）人。为人强记嗜学，博通经史。历官后晋知制诰、仓部郎中，后汉给事中，后周吏部侍郎，入宋官至户部尚书。

《清异录》采摭唐至五代流传的掌故词语若干条，每条下各出事实缘起，以类编排为三十七门，天文地理、人事官志、草木花果、虫鱼鸟兽、居室器用乃至仙神鬼妖，无所不备，当时社会方方面面，广为包罗。其书有关内容为后世频频引用，颇具影响。惟其条目总数，实为六百五十七，与俞允文序所言六百四十八不符；而目录各门下所载条目数，百花、兽名、鱼、居室、陈设、馔羞诸门亦有一条多寡之出入。大约统计疏漏之外，流传版本的差异也是该书条目数不一的原因。

《清异录》的足本（相对而言）有二卷、四卷之分，所录门、事皆同，只是随意分卷而已。今取文渊阁《四库全书》二卷本（《中国丛书综录》著录为三卷，未知何据）为底本，以《丛书集成》影印《宝颜堂秘笈》四卷本（兽名门缺页，失五事）参校，并录入参校本卷首俞允文序。卷首目录与正文标题略有出入，为存原貌，姑仍其旧。失当之处，敬祈指正。

校点说明

目　　录

清异录序

叶伯寅氏有元时孙道明抄写宋陶穀《清异录》四卷，凡十五门二百三十事，遗缺过半。后复得抄本，不第卷次，凡三十七门六百四十八事，比道明本为备，而文独简略，讹谬亦多。然道明本虽遗缺，殆为穀书；而简略者，则《说郛》所载陶宗仪删定本也。今参校勘正十有二三，而疑误难正者并复存之。史称穀为人隽辩宏博，强记嗜学，多所总览。乾德初，尝为南郊礼仪使，法物制度，皆穀所定，一时咸共推美。故今此书亦颇该洽，诚游览者之秘苑也。昔蔡中郎得王仲任《论衡》，秘之帐中，以为谈助；王朗得之，至许下，人称其才进。吾之得穀之书，当亦符斯语尔。隆庆壬申春日，河间俞允文撰。

卷上

天　文

龙　润

李煜在国时，自作祈雨文曰："尚乖龙润之祥。"

跋扈将军

隋炀帝泛舟，忽阴风颇紧，叹曰："此风可谓跋扈将军。"

奇　水

雨无云而降，非龙而作，号为奇水。

天公絮

云者，山川之气，今秦陇村民称为天公絮。

赤真人

周季年，东汉国大雪，盛唱曰："生怕赤真人，都来一夜春。"后大宋受命。

吼天氏

吕圜贫。秋深大风，邻人朱录事富而轻圜，后叠小纸掷圜前，云："吕圜，洛师人也，身寒而德备。一日，吼天氏作孽，独示威於圜。"

圣琉璃

王衍伶官家乐侍燕，小池水澄天见，家乐应制云："一段圣琉璃。"

艳阳根

伪闽中书吏韦添天字谜云:“露头更一日,真是艳阳根。”

碧翁翁

晋出帝不善诗,时为俳谐语。咏天诗曰:“高平上监碧翁翁。”

地盖

王彪天赋云:“溥为地盖,浩作星衢。”

润骨丹

开元时,高太素隐商山,起六逍遥馆:晴夏晚云,中秋午月,冬日方出,春雪未融,暑簟清风,夜阶急雨。各制一铭。晚云云:“作万变图,先生一笑。”冬日云:“金锣腾空,映檐白醉。”春雪云:“消除疫疠,名润骨丹。”清风云:“醒骨真人,六月惠然。”

冷飞白

老伶官黄世明,常言逮事庄宗。大雪内宴,敬新磨进词号冷飞白。

天公玉戏

比丘清传与一客同入湖南。客曰:“凡雪,仙人亦重之,号天公玉戏。”

花鞴扇

俗以开花风为花鞴扇,润花雨为花沐浴。至花老,风雨断送,盖花刑耳。

惊世先生

惊世先生,雷之声也。千里镜,电之形也。

千　里　烛

道士王致一曰:“我平生不曾使一文油钱:在家则为扇子灯,出路则为千里烛。”意其日月也。

迷　空　步　障

世宗时,水部郎韩彦卿使高丽。卿有一书曰《博学记》,偷抄之,得三百余事。今抄天部七事:迷空步障、雾。威屑、霜。教水、露。冰子、雹。气母、虹。屑金、星。秋明大老、天河。

地　　理

黄　金　母

汾晋村野间语曰:“欲作千箱主,问取黄金母。”意谓多稼厚畜由耕耘所致。

空　青　府

契丹东丹王突欲买巧石数峰,目为空青府。

圆　光　石

赵光逢奴往淮壖,偶得一石,四边玲珑类火。光逢爱之,名曰圆光石。

隐　士　泥

秣陵孟娘山土正白色,曰白墡土。周护始调涂其四堵,因呼隐士泥。

宠　　仙

桑维翰寿辰,韦潜德献太湖石一块,上有镌字金饰,曰宠仙。

琉 璃 变

刘东叔赋腊月雨云:“且雨且冻山径滑,是谁作此琉璃变?”

四 时 节

桂林一日之间具四时之气,迁谪者恶之,号为四时节。

节 木 汴 州

广陵东南一都会,凡百颇类京师,号节木汴州。

地 上 天 宫

轻清秀丽,东南为甲。富兼华夷,余杭又为甲。百事繁庶,地上天宫也。

青 铜 海

汴老圃纪生一锄芘三十口。病笃,呼子孙戒曰:“此二十亩地,便是青铜海也。”

七 弦 水

武夷山有石,如立壁,巅隐一泉,分七派。山僧颠坚名为七弦水。

小 蓬 莱

违命侯苑中凿地广一顷,池心叠石象三神山,号小蓬莱。

麦 家 地 理

腊雪熟麦,春雪杀麦。田翁以此占丰俭,为麦家地理。

十 辛

积麦以十辛良。下子不得过三辛,收发不得过三辛,上场入仓亦用辛日。

君　道

萧闲大夫

刘𬬮僭立，奢丽自恣，在宫中自称萧闲大夫。

候窗监

南汉刘晟殿侧，置宫人望明窗，以候晓。宫人谓之候窗监。

仁炉义鞴道薪德火

周杜良作唐太宗画像赞云："仁炉义鞴，道薪德火。"

摘瓜手

人君号能用才者，莫如唐太宗。然瀛洲十八人，许敬宗乃得与，如摘瓜手耳，取之既多，其中不容无滥。

扫国真人

隋裴寂待选京都。一日郊饮，遇老人画地上沙土曰"扫国真人"，又曰"玉环天子"，又曰"兵丹上圣"，告寂云："三百年中，最雄者，此三人耳。"寂醉卧，及醒，已失老人矣。后人䌷绎其名，扫国者，太宗之刬平僭暴也；玉环，太真妃子字，玄宗以妃而召乱，玉环天子是玄宗明矣；宪宗始以兵定方镇之强，终以丹躁灭身，兵丹之目，其宪宗之谓乎？

避贤招难存三奉五皇帝

昭宗丁不可为之时，遭无所立之地，人戏上尊号曰避贤招难存三奉五皇帝。盖帝常曰："朕东西所至，祸难随之，愿避贤者路。"三谓三主，帝后及杨柳昭仪，五谓全忠、行瑜、克用、茂贞、韩建。

彩局儿

开元中，后宫繁众，侍御寝者难于取舍，为彩局儿以定之。集宫嫔，用骰子掷，最胜一人乃得专夜。宦珰私号骰子为锉角媒人。

大昏元年

王曦绍僭号梁闽越，淫刑不道。黄峻曰："合非永隆，恐是大昏元年。"

孟蜀吊伐

孟蜀隳危，大军吊伐。伪昶遣皇太子玄诰、平章事王昭远统兵捍御。玄诰乳臭子，昭远仆厕材。太祖叹曰："孟昶都无股肱爪牙，其亡不晚矣。"

紫明供奉

武帝宣内供奉，赐坐，食甘露球蜜，捣山药油浴。既退，侵夜，宫嫔离次，上独映琉璃灯笼观书。久之，归寝殿。王才人问："官家今日以何消遣？"上曰："绿罗供奉已去，皂罗供奉宫人特髻。不来，与紫明供奉灯。相守，熟读《尚书·无逸》篇数遍。朕非不能取热闹快活，正要与弦管尊罍暂时隔破。"

容易郎君

晋少主志于富贵，才进姓名，即问几钱；拜官赐职，出于谈笑。幸臣私号容易郎君。

大体双

刘铢昏纵角出，得波斯女，年破瓜，黑腯而慧艳，善淫，曲尽其妙。铢嬖之，赐号媚猪。延方士，求健阳法，久乃得，多多益办。好观人交，选恶少年，配以雏宫人，皆妖俊美健者，就后园，褫衣使露而偶，铢扶媚猪延行览玩，号曰大体双。又择新采异与媚猪对。鸟兽见之熟，亦作合。

官　志

风力相国

越公杨素专恣既久，包藏可畏，四方寒心，不敢直指，故以风力相国概之。

润家钱

南汉地狭力弱，事例卑猥，州县时会僚属，不设席而分馈阿堵，号润家钱。

分身将

梁将葛从周，忠义骁勇，每临阵，东西南北，忽焉如神，晋人称为分身将。

肉雷

来绍乃唐酷吏俊臣之裔，天禀鸷忍，以决罚为乐。尝宰郃阳，生灵困于孽手。创造铁绳千条，或有令不承，则急缚之，仍以其半捶手，往往委顿。每肆枯木之威，则百囚俱断，轰响震动一邑，时呼肉雷。

百和参军

袁象先判衢州，时幕客谢平子癖于焚香，至忘形废事。同僚苏收戏刺一札，伺其亡也而投之，云："鼎炷郎守馥州百和参军谢子平。"

撷金炼玉束雪量珠

王播拜诸道盐铁转运使，秘书丞许少连贺启："撷金炼玉，束雪量珠。"

玉葺金卤

伪唐徐履掌建阳茶局。弟复治海陵盐政，监检烹炼之亭榜曰金卤。履闻之，洁敞焙舍，命曰玉葺。

赤心榜

张聿宰华亭，治政凛然。凡有府使赋外之需，直榜邑门。民感其诚，指为赤心榜。

小宰羊

时戢为青阳丞，洁己勤民，肉味不给，日市豆腐数个。邑人呼豆腐为小宰羊。

抱冰公事

蒙州立山县丞晁觉民，自中原避兵南来，因仕霸朝，食料衣服皆市于邻邑，一吏专主之。既回，物多毫末，皆置诸狱，当其役者曰："又管抱冰公事也。"

牛皮绷铁鼓

苏州录事参军薛朋龟，廉勤明察，胥吏呼为牛皮绷铁鼓，言难缦也。

软绣天街

本朝以亲王尹开封，谓之判南衙，羽仪散从，灿如图画。京师人叹曰："好一条软绣天街。"近日士大夫骑吏华繁者，亦号半里娇。

人间第一黄

伪唐赃臣褚仁规，窃禄泰州刺史，恶政不可缕举。有智民请吻儒为二诗，皆隐语，凡写数千幅，诣金陵粘贴，事乃上闻。诗曰："多求囊白昧苍苍，兼取人间第一黄。"云云。白黄隐金银字。

脯　　掾

何敬洙帅武昌，时司仓彭湘杰习知膳味，就中脯腊尤殊，敬洙檄掌公厨。郡中号为脯掾。

裹　头　冰

宋城主簿祝天贶励己如冰玉，百姓呼为裹头冰。天贶去后，和甄来尉，颇得天贶馀味，加以儒而文，民间语曰："去了裹头冰，却得一段著脚琉璃。"

名　字　副　车

邓州别驾令狐上选，政贪性疏，百姓呼名字副车。

人　　事

闹　　侯

侯元亮，马氏时湖湘宰。退居长沙，门常有客，宴会无虚日。人目为闹侯。

九　龙　烛

杜黄裳，当宪宗初载，深谋密议，眷礼敦优，生日例外别赐九龙烛十挺。

呷　大　夫

家述、常聿修仕伪蜀为太子左赞善大夫。西人皆滑稽，聿修伺述酒瓮将竭，叩门求饮，未通大道，已见罍耻，濡笔书壁曰："酒客乾喉去，唯存呷大夫。"

九 福

天下有九福:京师钱福、眼福、病福、屏帷福,吴越口福,洛阳花福,蜀川药福,秦陇鞍马福,燕赵衣裳福。

蜂窠巷陌

四方指南海为烟月作坊,以言风俗尚淫。今京师鬻色户将及万计,至于男子举体自货,进退恬然,遂成蜂窠巷陌,又不止烟月作坊也。

手 民

木匠总号运金之艺,又曰手民手货。

鼎 社

广顺三年,以柴守礼子荣为皇子,拜守礼太子少保致仕。皇子即位,是为世宗。守礼居西洛,与王溥、王彦超、韩令坤之父结友嬉游,裘马衣冠,僭逼逾制。当时人为一日具设乐集妓,轮环无已,谓之鼎社。洛下多妙妓,守礼日点十名,以片纸书姓字,押字大如掌,使人持呼之,被遣者诣府尹出纸呈示,尹从旁佥字。妓见纸画时争到买唤子,号曰鼎社。

到头庵主彻底门生

魏仁浦长百僚,提奖单隐岩至列郎,又附他相,仁浦不悦。一日,浮屠仁普来乞山资,留饭而隐岩至。以束素赠别,顾仁普曰:"到头庵主,彻底门生。今昔所难,即而勉之。"隐岩面不类人,唯唯而退。

女 及 第

齐鲁燕赵之种蚕收茧讫,主蚕者簪通花银碗谢祠庙。村野指为女及第。

钱井经商

僦屋出钱号曰痴钱。故僦赁取直者，京师人指为钱井经商。

不动尊

宣武刘，钱民也。铸铁为筭子，薄游，妓求钗奁，刘子辞之，姥曰："郎君家库里许多青铜，教做不动尊，可惜烂了风流。抛散能使几何?"刘子云："我爷唤筭子作长生铁，况钱乎？彼日日烧香，祷祝天地三光，要钱生儿，绢生孙，金银千百亿化身，岂止不动尊而已!"为人父者，闻此可以少戒。

瓯宰

广席多宾，必差一人惯习精俊者，充瓯宰，使举职律众。

金搭膝

温韬少无赖，拳人几死。市魁将送官。谢过魁前，拜逾数百，魁释之。韬每念之以为耻，既贵达，拍金薄为搭膝，带之曰："聊酬此膝。"

郑世尊

或曰："不肖子倾产破业，所病不瘳，其终奈何?"司马安仁曰："为郑世尊而已。"又问："何谓?"曰："郑子以李娃故，行乞安邑，几为馁鬼；佛世尊欲与一切众生结胜因缘，遂于舍卫次第而乞。合二义以名之，非不肖子尚谁当乎?"

三债三悦

桑维翰草莱时，语友人："吾有富贵在造物，未还三债，是以知之。上债钱货，中债妓女，下债书籍。"既而铁砚功成。一日酒后，谓亲密曰："吾始望不及此，当以数语劝子一杯。"其人满酌而引，公云："吾有三悦而持之，一曰钱，二曰妓，三曰不敢遗天下书。"公徐云："吾炫露太甚。”自罚一觥。

女　行

胭　脂　虎

朱氏女沉惨狡妒，嫁为陆慎言妻。慎言宰尉氏，政不在己。吏民语曰胭脂虎。

冠　子　虫

俗骂妇人为冠子虫，谓性若虫蛇，有伤无补。

补　阙　灯　檠

冀时儒李大壮畏服小君，万一不遵号令，则叱令正坐，为绾匾髻，中安灯碗，燃灯火。大壮屏气定体，如枯木土偶。人诨目之曰补阙灯檠。

黑　心　符

一妻不能御，一家从可知。以之卿诸侯，一国从可知。以之相天子，天下从可知。盖夫夫妇妇而天下正，正家而天下定矣。惟女子小人为难养，近之则不逊，远之则怨，《论语》之教也。牝鸡之晨，惟家之索，《书》之训也。无攸遂在中馈，《易》之戒也。能循法度，则可以承先祖，共祭祀，《诗》之劝也。威公纵文姜，丧躯而几亡鲁；高祖畏吕氏，召乱而几亡汉；文帝牵掣于独孤，废嫡长，立致大业之倾；高宗溺惑于武媚，故失威权，阶大周之僭。万乘尚尔，况庶人乎！又况讲再醮，备继室，既无结发之情，常有扶筐之志，安得福祥？免祸幸矣！闵家以芦絮示薄，许氏以铁杵表酷，其事历历可见。为夫者耽少姿，入巧言，房箦之间，夜以继日，缠爱纽情，牢不可拔。妻计日行，夫势日削，如钳碍口，噤不得声；如络冒头，痴不得动；如杻械被身，束缚囚系，不得自由。而至寒热饥饱在彼不在我，出入起居在彼不在我。使为不信惟命，使为不义惟命，使为不忠惟命，使为不慈惟命，使躬行残忍刻薄之所不为惟命。呼令杀人，则恨头落之迟；呼令自杀，则恐刀来之晚。极口骂辱焉，迎以笑嬉；尽力决挞焉，连称罪过。数以犯，再拜谢之；役以事，健步办之。曰“舐吾痔”，诺而趋；曰“尝吾便”，跪而进。上不知有亲，知有吾妻而已；下不省有幼，省有吾妻而已。人方以谓古不闻、今不见，彼尚且流汗积踵，吐血逾胸，悚惧慞惶，战栗振掉，惟恐妻语之厉而色之庄也。其效伊何？有家则妻擅其家，有国则妻据其国，有天下则妻指麾其天下。令一县则小君映帘，守一州则夫人并坐。论道经邦，奋庸熙载，则于飞对内殿，连理入都堂，粉黛判赏罚，裙襦执生杀矣。世虽晚犹有是非，俗虽浇犹分善恶。有臣如此，君必乱之；有朋如此，朋必绝之；有闾里如此，邻必去之；有民如此，官必刑之；有子如此，父母必号泣而摈之；有同气如此，兄弟必纷纭而舍之。有父如此，有祖如此，有伯叔如此，有子孙侄如此，必色变心移，东西南北而避之。妇人遂启口为云雾，发喉为雷霆，展身为电，转身为风，诬春为秋，改白为黑，指吴作越，号女作男。无力龃龉，喜不自胜，喜在其间。愚以度日，坐以待尽，或十年，或六七年，或二三年，齿发且衰，寿命且尽，货均彼卷而怀之，则联秦合晋之事萌而请媒通聘之迹见矣。昏丈夫君已不用，友已不齿，乡已不录，兄弟不亲，子孙不集。人非高于泰山，鬼责深于沧海，其家墟矣。老方悲其墓臭矣，死尤辱妻而继焉。有格言也，就夫言之，乃并枕於菟，连盘野葛；就子孙言之，乃通心钻、彻骨锥；就朋友亲族言之，乃一轮车、四墙屋。甚者至于杀夫首子，祸绵刀锯，冤著市曹，祭祀绝而门庭芜。然世人恬为之，悟且畏者曾无也。吾年六十，目见耳闻，不可算数。今训汝等，有妻固所不免，当待之如宾客，防之如盗贼，以德易色，修己率下。妻既正，子孙敢不正乎？万一不幸，中道鼓盆，巾栉付之侍婢，米盐畀之诸子，日授方略，坐享宴安。又或无嗣孤单，则宜归老弟侄，以心与之，孰敢不尽。若更重昏续娶，定见败身殒家，至时亲友不欲言，子孙不敢谏，兼已惑已误，难信难处，岂知吾熟谙而预言之。龟鉴在前，无复缕缕。立石中寝，永戒来裔。稍越吾言，祖先神明，共赐诛殛。百世循之，真万金之良药也。

右莱州长史于义方《黑心符》一卷，录以传后。黑心者，继妇之德名也。陶氏子孙,其戒之哉!

水香劝盏

扈戴畏内特甚。未仕时,欲出则谒假于细君,细君滴水于地,指曰:“不干须前归。”若去远,则燃香印掐至某所,以为还家之验。因筵聚,方三行酒,戴色欲逃遁,朋友默晓,哗曰:“扈君恐砌水隐形、香印过界耳,是当罚也。吾徒人撰新句一联,劝请酒一盏。”众以为善,乃俱起,一人捧瓯吟曰:“解禀香三令,能遵水五申。”逼戴饮尽。别云:“细弹防事水,短爇戒时香。”别云:“战兢思水约,匍匐赴香期。”别云:“出佩香三尺,归防水九章。”别云:“命系逡巡水,时牵决定香。”戴连沃六七巨觥,吐呕淋漓。既上马,群噪曰:“若夫人怪迟,但道被水香劝盏留住。”

君　子

髯佛

滑州贾宁,性仁恕,赈饥救患,耆稚爱慕之,以宁多髯,遂皆以髯佛呼之。

老鸦陈

巴陵陈氏,累世孝谨,乡里以老鸦陈目之,谓乌鸦能反哺也。

返生钱

宣城儒士林修己,深方脉治病,不求报谢。人致馈再三哀恳,则留百余一,时人名为返生钱。

泰火否炉

蒲中赵节博赡刚直,乡人敬之。尝作《炉火》诗云:“近冬附火为泰火,透春拥炉成否炉。用否随时有轻重,进身君子合知无。”

天梳日帽

唐隐君子田游岩，一日冬晴，就汤泉沐发，风于朝晖之下。适所亲者至，曰："高年岂不自爱而草草若是耶？"游岩笑而答曰："天梳日帽，他复何需？"

安富大夫

岐下梁扐以市隐为乐。有府从事来见，将为言于岐帅而官之，扐怒，府从事徐曰："先生之量，未易量也。人之贫者富之，人之病者安之，人之贱者贵之。人视先生贱且病之穷叟耳，而皆反其所乐，而今而后，敢以安富大夫目先生。"

棣友

范阳窦禹钧生五子。子仪等友爱天至。仪曰："吾与汝等离兄弟之拘牵，真棣友也。"

百悔经

闽士刘乙尝乘醉与人争妓女。既醒惭悔，集书籍凡因饮酒致失贾祸者，编以自警，题曰《百悔经》。自后不饮，至于终身。

乐天羹七百二十碗

周维简隐洪州西山，尝云得米三四石，乐天羹七百二十碗，足了一年支费。

虚饤玲珑石镇羊

游士藻为晋王记室。予过其居，知昨夜命客，问食品，曰："第一虚装玲珑石镇羊。"予曰："好改作饤字，便是一句诗。"士藻令取夜来食目，对面涂注，云："吾平生以顺人情为佛事，独违学士，可乎？"

幺 么

虫 使

庄宗时,伶官朱国宾天姿乖狠,众皆畏恨,以其闽人,号为虫使。

腹 兵

荆楚贾者与闽商争宿邸。荆贾曰:“尔一等人,横面蛙言,通身剑戟,天生玉网,腹内包虫。”闽商应之曰:“汝辈腹兵,亦自不浅。”盖谓荆字从刀也。

凿空大使驾险三郎

桂州衙内都知兵马使蒋刚,善迎合上官,剥兵刻民,诳妄诈欺,运以智数。刚序行第三,时号凿空大使驾险三郎。

瓮 精

螺川人何画,薄有文艺,而屈意于五侯鲭,尤善酒。人以瓮精诮之。

释 族

的乳三神仙

太祖陈桥时,太后方饭僧于寺,惧不测。寺主僧誓以身蔽。上受禅,赐的乳三神仙。

引 饭 大 师

禅家未粥饭先鸣槌,维那掌之。藁林目净槌为引饭大师,维那为栾槌都督。

钵盂精

行脚僧惊举子驴，举子不忿，僧曰："麻衣鬼，著汝何时会林？"举子扬鞭曰："钵盂精，且理会取养命圆。"

扫地和尚

王建僭立后，有一僧常持大帚，不论官府人家寺观，遇即汛扫，人以扫地和尚目之。建末年，于诸处写六字云："水行仙，怕秦川。"后王衍秦川之祸，方悟水行仙即衍字耳。

双拈布

长安素上人，四时止双拈布为三衣，执一鬼脚杖而已。

寄生囊

梓潼双灯寺僧书一颂曰"撞来好个寄生囊"云云，趺坐而化。

寒灰道者

俞郢隐天童山。大寒则于厨内取麸火一器，亦纳直于主者，呼寒灰道者全利头。僧举能素苦白秃疮痂糊顶，禅人皆呼为寒灰道者。

泥融觉

比丘无染游庐山，春雨路滑，忽仆石上，由是洞见本原。士大夫称为泥融觉。

研金虚缕沉水香纽列环

晋天福三年，赐僧法城跋遮那。袈裟环也。王言云："敕法城卿佛国栋梁，僧坛领袖。今遣内官赐卿研金虚缕沉水香纽列环一枚，至可领取。"

无无老

沙门爱英住池阳村，示人之语曰："万论千经，不如无念无营。"时郡娼满莹娘多姿而富情，真妓女中麟凤。进士张振祖以"无念无营，有情有色"制一联云："门前草满无无老，床底钱多有有娘。"

猪羊三昧

冤朐僧行修食必大炙，人戏之云："修院主猪羊鸡鸭三昧正受。"

紫织方

获嘉秃士贯微僭奢如贵要子弟。旋织小叠胜罗染椹服，号紫织方。

面忠

蒸雪会，乃道忠行化余杭，一钱不遗，专供灵隐海众，月设一斋，延僧广备蒸作。人人喜曰："来日赴忠道者蒸雪会。"忠之化人，惟曰买面，故称面忠。

舟航化

玄奘论道释云："道有为，宗舟航化；佛无为，宗虚空化。"

汤饼藏油虀饱吃佛

无念，苦行比丘也，食量延数人。楚大韶延僧，既旅集，大韶长子以长纸书"汤饼藏油虀饱吃佛"榜念坐处，念不动声色，如法饮食而退。

梵嫂

相国寺星辰院比丘澄晖，以艳倡为妻，每醉，点胸曰："二四阿罗，烟粉释迦，又没头发浪子，有房室如来，快活风流，光前绝后。"忽一少年踵门谒晖，愿置酒参会梵嫂。晖难之。凌晨，但见院牌用纸漫书曰："敕赐双飞之寺。"

偎红倚翠大师

李煜在国，微行娼家，遇一僧张席，煜遂为不速之客。僧酒令讴吟吹弹，莫不高了，见煜明俊酝藉，契合相爱重。煜乘醉大书右壁曰："浅斟低唱，偎红倚翠大师；鸳鸯寺主，传持风流教法。"久之，僧拥妓入屏帷。煜徐步而出。僧妓竟不知煜为谁也。煜尝密谕徐铉，铉言于所亲焉。

僧旗佛伞

龙兴寺檀越舍幡盖文云："僧旗交舞，丁当起于风铃；佛伞高擎，焜耀生乎日鉴。"其造语脱落寻常轨辙，而不书谁人制撰。

三只袜

去习者云行至峨眉山，而隐蓄三只袜，常穿二补一。岁久裂帛交杂，望之茸茸焉，自呼为狮子袜。

五百斤铁蒸胡

汴州封禅寺有铁香炉，大容三石，都人目之曰香井炉。边锁一木柜，窍其顶，游者香毕，以白水真人投柜窍，寺门收此以为一岁麦本。他院释戏封禅房袍曰："贵刹不愁斋粥，世尊面前者五百斤铁蒸胡，好一件坚牢常住。"

肉香炉肉灯台

齐赵人好以身为供养，且谓两臂为肉灯台，顶心为肉香炉。

仙宗

饕餮仙

近世事仙道者，不务寡欲，多搜黄白术，贪婪无厌，宜谓之饕餮仙。

花饼道人

五朝泉州有贫士，行乞得钱，尽买花麻饼食之。群小儿呼为花饼道人。

长生箓

华阴士人子，别庄在老鸦谷。因收刈与密友饮，夜醉。乘月出庄，信步似十余里，至一宫殿中，皆仙妆妇人。玉宇宝台上安玉匣，大标金字曰"长生箓"。二人睹一金翠双鬟女发书读之曰："九琳上魔伯校玉书先春法师，长养三天花木，并增算五千年。"二人失声，忽然不见，身在乱石乔木间耳。

太飞丸

吴毅，临邛人。以多疾，斋祷于青城山紫极院，置坛设醮。科仪毕，假寐斋厅，梦天人称自剪刀馆来，授一竹简，题曰："太飞丸炼心法用盐解仙人一物。"注曰："世间白蝙蝠是。"其制合之节甚详，仍戒以绝嗜欲方可服。

氤氲大使

朱起家居阳翟，年逾弱冠，姿韵爽逸。伯氏虞部有女妓宠宠，艳秀明慧，起甚留意，宠尤系心。缘馆院各别，种种碍隔，起一志不移，精神恍惚。有密友诣都，輦起送至郊外，独回之次，逢青巾短袍担筇杖药篮者，熟视起曰："郎君幸值贫道，否则危矣。"起骇异，下马揖之。青巾曰："君有急，直言，吾能济。"起再拜，以宠事诉。青巾笑曰："世人阴阳之契有缱绻司总统，其长官号氤氲大使，诸夙缘冥数当合者，须鸳鸯牒下乃成，虽伉俪之正，婢妾之微，买笑之略，偷期之秘，仙凡交会，华戎配接，率由一道焉。我即为子嘱之。"临去，篮中取一扇授起曰："是坤灵扇子。凡访宠，以扇自蔽，人皆不见。自此七日外可合，合十五年而绝。"起如戒，往来无阻。后十五年，宠疫病而殂。青巾盖仙也。

飧和阁

太上明堂，玄宗上经清斋休粮，存日月在口中。赵威伯受法于范丘林，行挹日月之道。《内景》注载上清紫虚吞日月气法，蜀天师杜光庭所庐作飧和阁，奉行如上事。

草

香祖

兰虽吐一花，室中亦馥郁袭人，弥旬不歇。故江南人以兰为香祖。

昌九

宜春太守虞杲，郡斋植昌蒲五槛。次子梦髯翁自号昌九，言愿赐保养。

璎珞藤

终南山出璎珞藤，软碧可爱，叶甚小，有子累累然缠固其上，真似璎珞。

科名草

杜荀鹤舍前椿树生芝草。明年及第，以漆彩饰之，安几砚间，号科名草。

蕉迷

南汉贵珰赵纯节，性惟喜芭蕉，凡轩窗馆宇咸种之。时称纯节为蕉迷。

草　帝

青城山叟谢调《芭蕉歌》略云："草中一种无伦比，琐屑蒿莱望帝尊。"

扇子仙

南海城中苏氏园，幽胜第一。广主尝与幸姬李蟾妃微至此憩酌绿蕉林，广主命笔大书蕉叶曰"扇子仙"。苏氏于广主草宴之所起扇子亭。

绿　天

怀素居零陵庵东郊，治芭蕉，亘带几数万，取叶代纸而书，号其所曰"绿天庵"、曰"种纸"。厥后道州刺史追作《绿天铭》。

馨列侯

唐保大二年，国主幸饮香亭赏新兰，诏苑令取沪溪美土，为馨列侯壅培之具。

萧寒郡假节侯

芦之为物，大类此君，但霜雪侵陵改素为愧耳。故好事君子号芦为"萧寒郡假节侯"。

护阶君子

常保衡呼麦门冬、鹿葱为护阶君子，金萱、玉簪为绿庄严。

一元木公

瓦松秽屋，为不材之草，有门生离合为四字，曰一元木公，实不称名。瓦松盖白日登天，可以下视百草矣。

绿衣元宝

苔一名地钱，一名绿衣元宝。王彦章葺园亭，垒坛种花，急欲苔薜少助野意，而经年不生，顾弟子曰："叵耐这绿拗儿！"

土三材

葛为世用，花入药，根参果，疏筋备纫织。土生而具三材，亦草中之白眉。

绿参差

芭蕉诗最难作，胡郃阳嵩一篇云："野人无帐幄，爱此绿参差。"云云。

木竹附

绿卿

王彪《临池赋》云："碧氏方澄，宅龟鱼而荡漾；绿卿高拂，宿烟雾以参差。"

节氏

三堂人家石柱础有文曰《虚中子生成记》。初云："虚中子，姓节氏，化龙之后也。"隔十数字云："与笙箫令寿鬣，支离叟坚文，同志莫逆。"又其后云："生子茁，封甘锐侯。"余皆漫灭不存，疑是昔人种竹记。窃记鬣是松，支是柏，茁是笋。

圆通居士

比丘海光住庐山石虎庵。夜梦人长清瘦而斑衣，言舍身为庵中供养具。俄窗外竹生一笋花紫箨，如梦者之衣，既成竹，六尺余，无节，黄绿莹净。江州太守闻之，意将夺取。竹一夕自倒，太守寻罪去。光乃用为拄杖，目曰直兄。光来都下，予因见之。光云梦者自称圆通居士，予遂小篆此四字于杖之首，令黑漆之。

丁 香 竹

荆南判官刘彧，弃官游秦陇闽粤。箧中收大竹拾余颗，每有客，则斫取少许煎饮，其辛香如鸡舌汤。人坚叩其名，曰："谓之丁香竹，非中国所产也。"

平 头 笋

海南岛中一类笋，极腴厚而甚短，岛人号平头笋。

天 亲 竹

秦维言双竹自是一种，有成林者，因出三拄杖两岐。后问浙人，云此是天亲竹，有时出一番双笋，故例皆分岐，亦非年年有之。

不 平 生

崔凤蹉跎失志。洛南天庆观颇幽雅，常陪友生夏月招凉于古槐下，戏曰："予不登九品，此槐不得为手版，想亦助不平也。"是后朋从呼槐为不平生。

锦心氏绣腹郎

懿宗时，求老槐于城北笔头谷李殊庄，亦不下百年矣。树腰刻小字，一曰锦心氏，一曰绣腹郎。云殊之祖爱甚，故刻记之。

浅 色 沉

同光中，秦陇野人得柏树，解截为版，成器物，置密室中时，馨芳之气稍类沉水。初得而焚之亦不香，盖性不宜火。此浅色沉耳。

木 仙

张荐明隐乐山。林有古松十余株，谓人曰："予人中之仙，此木中之仙也。"

文 章 树

张曲江里第之侧有古柘，尝因狂风发其一根，解为器具，花纹甚奇。人以公之手笔冠世，目之曰文章树。

三 义 亭

同州郃阳县刘靖家兄弟不异居，宅旁榆树生桑，西廊梧桐生谷枝，明年坟中白杨生桧，并郁茂相若。乡人号榆为义祖，桐为小义，白杨为义孙，分先后也。县令出官钱为修三义亭。

漏 春 和 尚

新栽柳树，必用泥固济其木，颇类比丘顶。相元伯玉宅前插柳，初春吐芽，伯玉曰："且得漏春和尚一一无恙。"盖取杜子美"漏泄春光有柳条"之句。

通 天 笋

衡州人家竹林中生五笋，彻梢无节，目观者神之，名通天笋。

蚱 蜢 竹

江湖间有一种野竹，其叶纠结如虫状。山民曰："此蚱蜢竹也。"

靴 鞋 树

金乡路上一老榆，往来者就树下易草屦，例以其旧悬而去。行人指为靴鞋树。

省 便 珠

释知足尝曰："吾身炉也，吾心火也，五戒十善香也。安用沉檀笺乳作梦中戏?"人强之，但摘窗前柏子焚爇和口者指为省便珠。

佛影蔬

新罗论迦逻岛有笋曰佛影蔬。中国虽大，无此一种。

边幼节

余为笋效傅休奕作墓志曰：边幼节，字脆中，晋林琅玕之裔也。以汤死。建隆二年三月二十五日立石。

花

小南强

南汉地狭力贫，不自揣度，有欺四方傲中国之志。每见北人，盛夸岭海之强。世宗遣使入岭，馆接者遗茉莉，文其名曰小南强。及本朝张主面缚，伪臣到阙，见洛阳牡丹，大骇叹。有搢绅谓曰："此名大北胜。"

睡香

庐山瑞香花，始缘一比丘昼寝磐石上，梦中闻花香，烈酷不可名，既觉，寻香求之，因名睡香。四方奇之，谓乃花中祥瑞，遂以瑞易睡。

独立仙

孟昶时，每腊日，内官各献罗体圈金花树子，梁守珍献忘忧花，缕金于花上，曰独立仙。

锦洞天

李后主每春盛时，梁栋窗壁柱栱阶砌并作隔筒，密插杂花，榜曰锦洞天。

黄玉玦

钱俶以弟信镇湖州。后圃芙蓉枝上穿一黄玉玦，枝梢交杂，不知从何而穿也。信截干取玦以献人，谓真仙来游，留此以惊世耳。

百叶仙人

洛阳大内临芳殿，庄宗所建。牡丹千余本，其名品亦有在人口者，具于后：

百叶仙人浅红　月宫花白　小黄娇深黄　雪夫人白　粉奴香白　蓬莱相公紫花黄绿　卵心黄　御衣红　紫龙杯　三云紫　盘紫酥浅红　天王子　出样黄　火焰奴正红　太平楼阁千叶黄

玉鸡苗

东平城南许司马后圃，蔷薇花太繁，欲分于别地栽插。忽花根下掘得一石如鸡状，五色灿然。郡人遂呼蔷薇为玉鸡苗。

楼罗历

刘𬬮在国，春深，令宫人斗花。凌晨开后苑，各任采择。少顷，敕还宫锁苑门。膳讫普集，角胜负于殿中。宦士抱关，宫人出入，皆搜怀袖置楼罗历以验姓名，法制甚严，时号花禁。负者献耍金耍银买燕。

鼎文帔

许智老居长沙，有木芙蓉二株，庇可亩余。一日盛开，宾客盈溢坐中，王子怀言花不逾万，若过之受罚，指所携妓贾三英胡锦鼎文帔以酬直。智老命仆厕群采，凡一万三千余朵。子怀褫帔纳主人，靦而默遁。

十二香

吴门于永锡专好梅花，吟十二香诗。今录其名意：

万选香拔枝剪折，遴拣繁种。水玉香清水玉缸，参差如雪。

二色香帷幔深置，脂粉同妍。自得香帘幕窥蔽，独享馥然。

扑凸香巧插鸦鬟，妙丽无比。筭　香采折凑然，计多受赏。

富贵香簪组共赏，金玉辉映。混沌香夜室映灯，暗中拂鼻。

盗跖香就树临瓶，至诚窃取。君子香不假风力，芳誉远闻。

一寸香醉藏怀袖，馨闻断续。使者香专使贡持，临门远送。

紫风流

庐山僧舍有麝囊花一蘩，色正紫，类丁香，号紫风流。江南后主诏取数十根植于移风殿，赐名蓬莱紫。

婪尾春

胡嶠诗："瓶里数枝婪尾春。"时人罔喻其意。桑维翰曰："唐末文人有谓芍药为婪尾春者。婪尾酒乃最后之杯，芍药殿春，亦得是名。"

金刚不坏王

懿宗赏花短歌云："长生白，久视黄，共拜金刚不坏王。"谓菊花也。

雨天三昧

闽昶春余宴后苑，飞红满空。昶曰："《弥陀经》云雨天曼陀罗华，此景近似今日。观化工之雨天三昧，宜召六宫设三昧燕。"

花经九品九命

张翊者，世本长安，因乱南来，先主擢置上列。时邦西平昌令卒，翊好学多思致，尝戏造《花经》，以九品九命升降次第之，时服其允当。

一品九命

兰　牡丹　腊梅　酴醿　紫风流睡香异名

二 品 八 命

琼花　蕙　岩桂　茉莉　含笑

三 品 七 命

芍药　莲　薝蔔　丁香　碧桃　垂丝海棠　千叶

四 品 六 命

菊　杏　辛夷　豆蔻　后庭　忘忧　樱桃　林禽　梅

五 品 五 命

杨花　月红　梨花　千叶李　桃花　石榴

六 品 四 命

聚八仙　金沙　宝相　紫薇　凌霄　海棠

七 品 三 命

散水　真珠　粉团　郁李　蔷薇　米囊　木瓜　山茶　迎春　玫瑰　金灯　木笔　金凤　夜合　踯躅　金钱　锦带　石蝉

八 品 二 命

杜鹃　大清　滴露　刺桐　木兰　鸡冠　锦被堆

九 品 一 命

芙蓉　牵牛　木槿　葵　胡葵　鼓子　石竹　金莲

花 九 锡

《警忘录》载，罗虬撰《花九锡》，然亦须兰、蕙、梅、莲辈乃可披襟，若夫容、踯躅、望仙、山木、野草，直惟阿耳，尚锡之云乎！

重顶帷障风　金错刀剪折　甘泉浸　玉缸贮　雕文台座安置　画图　翻曲　美醑赏　新诗咏

五　宜

对花焚香有风味相和，其妙不可言者，木犀宜龙脑，酴醾宜沉水，兰宜四绝，含笑宜麝，薝蔔宜檀。韩熙载有五宜说。

瀛洲玉雨

司空图《菩萨蛮》谓梨花为瀛洲玉雨。

严山圭木

韩恭叟离合岩桂二字为严山圭木。

慈恩傅粉绿衣郎

陶子召客于西宅，为酴醾开尊，无以侑劝，请坐人各撰小名，得有思致者七。是日十一客，费曲生八斗，夜三鼓而罢。家并有酴醾酒肉，如吾十二人之乐，没世不可得。赛白蔓君、四字天花、花圣人、慈恩傅粉、绿衣郎、独步春、沉香密友。

百宜枝杖

酴醾木香，事事称宜，故卖插枝者云百宜枝杖。此洛社故事也。

花　腊

脂粉流爱重酴醾，盛开时置书册中，冬间取以插鬓，盖花腊耳。

香琼绶带

薛熊赏酴醾诗云："香琼绶带雪缨络。"

花太医

苏直善治花，瘠者腴之，病者安之。时人竞称为花太医。

抬举牡丹法

常以九月取角屑硫黄，碾如面，拌细土，挑动花根壅罨，入土一寸，出土三寸。地脉既暖，立春，渐有花蕾生如粟粒，即掐去，惟留中心一蕊，气聚故花肥，至开时大如碗面。

兰花第一香

兰无偶，称为第一。

洛白扬红汴黄江紫

瑞香有洛白、扬红、汴黄、江紫。花之变极矣。

果

瑞圣奴

天宝年，内中柑树结实，帝日与贵妃赏御，呼为瑞圣奴。

馀甘尉

邺中环桃特异，后唐庄宗曰："昔人以橘为千头木奴，此不为馀甘尉乎？"

梅檀

冯长乐别墅有数种梅檀：紫粉、分心、软带之类。

冷金丹

来禽百枚，用蜂蜜浸十日，取出，别入蜂蜜五斤，细丹砂末二两，搅拌封泥，一月出之，阴干，名冷金丹。饭后酒时食一两枚，其功胜九转丹。

省 事 三

北方莲实状长少味，出藕颇佳，然止三孔，用汉语转译，其名曰省事三。

蜜 父 蜡 兄

建业野人种梨者，诧其味曰蜜父；种枇杷者，恃其色曰蜡兄。

青 灰 蔗

甘蔗盛于吴中，亦有精粗。如昆仑蔗、夹苗蔗、青灰蔗皆可炼糖；桄榔蔗乃次品。糖坊中人盗取未煎蔗液盈碗啜之，功德浆即此物也。

金香大丞相

庄宗小酌，进新橘，命诸伶咏之。唐朝美诗先成，曰："金香大丞相，兄弟八九人。剥皮去滓子，若个是汝人？"帝大笑，赐所御软金杯。

赤 志 翁

予尝以鸭卵及莲枝一捻红饷符昭远。介还，送一诗云："圣胎初出赤志翁，丑杖旁扶赤志翁。"

河 东 饭

晋王尝穷追汴师，粮运不继，蒸栗以食。军中遂呼栗为河东饭。

鸡 冠 枣

睢阳多善枣：鸡冠枣宜作脯，醍醐枣宜生啖。或谓枣是圣花儿。

红 云 宴

岭南荔枝固不逮闽蜀。刘𬬮每年设红云宴，正红荔枝熟时。

玉枕薯

岭外多薯，间有发深山邃谷而得之者，枚块连属，有数十斤者，味极甘香。人多自食，未尝货于外。本名玉枕薯，又号三家薯。

土麝香

尝因会客食瓜，言最恶麝香。坐有张延祖曰："是大不然。吾家以麝香种瓜，为乡里冠。但人不知制伏之术耳。"求麝二钱许怀去。后旬日，以药末搅麝见送，每种瓜一窠，根下用药一捻。既结，破之，麝气扑鼻。次年种其子，名之曰土麝香，然不用药麝，止微香耳。

掌扇冈

樱桃素盛，睢阳地名掌扇冈尤繁妙，有一树收子至三石者。

东韦李

东韦李，朔方处处有，云韦氏中东脊之孙种来得名。

天公掌

淇薯药称最大者号天公掌，次者号拙骨羊。

月一盘

蜀孟昶月旦必素餐，性喜薯药。左右因呼薯药为月一盘。

四十团

贾人自岭外还，得一枝龙眼，已盐干，凡四十团，共千枚。至荆南献高保勉，因作小琅玕槛子立置之，名之曰海珠蘽。

绣水团

龙眼金，余但知其名绣水团、川弹子而已。按《本草》一号荔枝奴。

玉角香

新罗使者每来，多鬻松子，有数等，玉角香、重堂枣、御家长、龙牙子，惟玉角香最奇，使者亦自珍之。

铁脚梨

木瓜性益下部，若脚膝筋骨有疾者，必用焉。故方家号为铁脚梨。

黄金颣

丘鹏南出甘蔗啖朝友，云黄金颣。

百二子

河东葡萄有极大者，惟土人得啖之。其至京师者，百二子、紫粉头而已。

御蝉香

洛南会昌中，瓜圃结五六实，长几尺，而极大者类蛾绿，其上皱文酷似蝉形，圃中人连蔓移土槛贡，上命之曰御蝉香挹腰绿。

百子瓮

果中子繁者，惟夏瓜、冬瓜、石榴。故嗜果者目瓜为百子瓮。

独子青

辽东一处有瓜，若浇沃，则以酒代水。实成破为十段，若段中止有一子而长数寸，食一颗可作十日粮。国人珍之，名独子青。

瓜战

吴越称霅上瓜。钱氏子弟逃暑，取一瓜，各言子之的数，言定、剖观，负者张宴，谓之瓜战。

鼻　　选

瓜最盛者，无逾齐赵。车担列市，道路浓香。故彼人云："未至舌交，先以鼻选。"

闽 香 玉 女

闽士赴科，临川人赴调，会京师旗亭，各举乡产。闽士曰："我土荔枝，真压枝天子，钉坐真人。天下安有并驾者！"抚人不识荔枝之未腊者，故盛主杨梅。闽士不忿，遂成喧竞。旁有滑稽子徐为一绝云："闽香玉女含香雪，吴会星郎驾火云。草木无情争底事，青明经对赤参军。"

淀　脚　绡

夷门瓜品中，淀脚绡夹鹑，其色香味可魁本类也。

禊　　宝

崔远家墅在长安城南，就中禊池，产巨藕，贵重一时，相传为禊宝，又曰玉臂龙。

竹　青　枣

唐末，群方贡国物产不通。东汉有商归自闽越，以橄榄献于霸君。明日，分赐大臣。禁帅郝惟庆曰："此公状类吾乡竹青枣，加之一时，久方得薄味，官家何用赐臣？所喜者，金棱略绰盘耳。"

九 天 材 料

一时之果品类几何？惟假蜂、蔗、川糖、白盐、药物，煎酿曝糁，各随所宜。郭崇韬家最善乎此。知味者称为九天材料。

爽　　团

冯瀛王爽团法，弄色金杏，新水浸没，生姜、甘草草、丁香、蜀椒、缩砂、白豆蔻、盐花、沉檀、龙麝，皆取末如面，搅拌，日晒干，候水尽味透，更以香药铺糁，其功成矣。宿酲未解，一枚可以萧然。

百 益 红

百益一损者枣，一益百损者梨。医氏目枣为百益红，梨为百损黄。

赐紫樱桃

温庭筠曰："葡萄是赐紫樱桃，黄葵是镀金木槿。"

云 英 麨

郑文宝云英麨，予得食，酷嗜之。宝赠方藕、莲、菱、芋、鸡头、荸荠、慈姑、百合，并择净肉烂蒸之，风前吹晾少时，石臼中捣极细，入川糖蜜熟再捣，令相得，取出作一团，停冷性硬，净刀随意切食。糖多为佳，蜜须合宜，过则大稀。

蔬

昆 味

落苏本名茄子，隋炀帝缘饰为昆仑紫瓜，人间但名昆味而已。

千 金 菜

高国使者来汉，隋人求得菜种，酬之甚厚，故因名千金菜，今莴苣也。

翰 林 齑

右补阙崔从授余翰林齑法，每用时菜五七种，择去老寿者，细长破之，入汤，审硬软，作汁，量浅深。慎启闭，时检察，待其玉洁而芳香，则熟矣。若欲食，先炼雍州酥，次下干齑及盐花，冬春用熟笋，夏秋用生藕，亦刀破令形与虀同。既熟，搅于羹中，极清美。卢质在翰林躬为之。

胡麻自然汁

羹虀寸截连汁置洁器中，炼胡麻自然汁投之，更入白盐，捣姜搅匀，泼淡汤饼。此乃余杭寿禅师法。非事佛者，加炼熟葱韭益佳。

百岁羹

俗号虀为百岁羹，言至贫亦可具，虽百岁可长享也。

子母蔗

湖南马氏有鸡狗坊卒长，能种子母蔗。

龙须菜

瓮菜出闽中，凡百毒悉能解之。引蔓而生，土人号龙须菜。

一束金

杜颐食不可无韭，人恶其啖，候其仆市还，潜取弃之。怒骂曰："奴狗！奴狗！安得去此一束金也?"

盘碗葱

盘碗葱，赵魏间有之，几如柱杖粗，但盈尺耳。

和事草

葱和美众味，若药剂必用甘草也，所以文言曰和事草。

五鼎芝

北方桑上生白耳，名桑鹅，贵有力者咸嗜之，呼五鼎芝。

南方韭

南方韭，多须，叶短阔而圆。

玉乳萝卜

王奭善营度，子弟不许仕宦。每年止种火田玉乳萝卜、壶城马面菘，可致千缗。

蒺藜精

江南吴协、刘宾王同省，殊不相下。时方严冽，厅后石芥蘽长，协曰："可谓介然特立。"宾王曰："诚如公言，但恨黄发之言变成蒺藜精耳。"协已耳顺，闻而衔之。

鳖还丹

孟贯献诗于世宗，遂联九品。有《药性论序》曰："红苋为跛鳖之还丹。"

题头菌

保大中，村民于烂木上得菌几一担，状如莲花叶而色赤黄，因呼题头菌。

笋奴菌妾

江右多菘菜，鬻笋者恶之，骂曰："心子菜，盖笋奴菌妾也。"

金毛菜

石发，吴越亦有之，然以新罗者为上，彼国呼为金毛菜。

笑矣乎

菌蕈有一种食之令人得干笑疾，土人戏呼为笑矣乎。

休 休 散

湖湘习为毒药以中人。其法：取大蛇毙之，厚用茅草盖罨，几旬则生菌蕈，发根自蛇骨出，候肥盛采之，令干，捣末糁酒食茶汤中，遇者无不赴泉壤。世人号为休休散。

麝 香 草

蒜，五代宫中呼麝香草。

三 无 比

钟谟嗜菠薐菜，文其名曰雨花菜。又以蒌蒿、莱菔、菠薐为三无比。

炼鹤一羹醉猫三饼

居士李巍求道雪窦山中，畦蔬自供。有问巍曰："日进何味？"答曰："以炼鹤一羹，盖为炼得身形似鹤形也。醉猫三饼。巍以莳萝薄荷捣饭为饼。"问者语所亲者，以清饥道者旦暮必以菜解。

缠 齿 羊

袁居道不求闻达，马希范间延入府。希范病酒，厌膏腻。居道曰："大王今日使得贫家缠齿羊。"询其故，则蔬茹。

净 街 槌

瓠少味无韵，荤素俱不相宜，俗呼净街槌。

药

迎 年 佩

咸通后，士风尚于正旦未明佩紫赤囊，中盛人参木香如豆样，时时倾出嚼吞之，至日出乃止，号迎年佩。

狮子术

潜山产善术，以其盘结丑怪，有兽之形，因号为狮子术。

三青蔓

按清冷真君外诀，贝杞为三青蔓，其苗为换骨菜。

炼骨汤

潜山老黄冠，年一百一岁。扈长官好修摄，赂黄冠仆窃药而来，乃吴茱萸、艾叶、川椒、杜仲、干木瓜、木鳖肉、瓦上松花。扈信之，名曰炼骨汤。此仙家谓之水炙香。

锦郎

槟榔含章甚美，绝象枸锦，性体坚刚，耐于断削。余治为书轴，因名锦郎。

谬剂而已

医之于人，功次天地。其间滥谬，盗名取赀，无功有害。药乎，药乎，谬剂而已。

一药谱

苾蒭清本良于医，药数百品，各以角贴，所题名字诡异。余大骇，究其源底，答言："天成中，进士侯宁极戏造药谱一卷，尽出新意，改立别名，因时多艰，不传于世。"余以礼求假录一通，用娱闲暇。

假君子牵牛　昌明童子川乌头　淡伯厚朴　木叔胡椒　雪眉同气白扁豆　金丸使者椒　甝毒仙预知子　贵老陈皮　远秀卿沈香　化米先生神曲　九日三官吴茱萸　焰叟硫黄　三闾小玉白芷　中黄节士麻黄　时美中莳萝　导河掾木猪苓　嗽神五味子　方曲氏防风　削坚中尉三棱　白天寿吴术　洞庭奴隶枳壳　黄英石檀香　绿剑真人菖蒲　魏去疾阿魏　禹孙泽泻　槖籥尊师仙灵脾　风棱御史史君子

雪如来白芨　风味团头缩砂　敕肺侯款冬花　骨鲠元君草薢　苦督邮黄芩　调睡参军酸枣仁　黑司命苁蓉　知微老白薇　太清尊者朴硝　既济公升麻　冷翠金刚石楠叶　脱核婴儿桃仁　涩翁诃梨勒　抱雪居士香附子　随汤给事中甘遂　斜枝大夫草龙胆　野丈白头翁　建阳八座蛇床子　玄房仲长统皂荚　藜生药王覆盆子　仁枣川楝子　石仲宁滑石　命门录事安息香　隐上座郁李仁　水状元紫苏　飞风道者牙硝　帝膏苏合香　毕和尚毕澄茄　金山力士自然铜　麝男甘松　冰喉尉薄荷　草东床大腹皮　肾曹都尉葫芦巴　寿祖威灵仙　玲珑霍去病藿香　千眼油桀人　延年卷雪桑白皮　水银腊轻粉　黄香影子栀子　六亭剂五味子　显明犯阿胶　出样珊瑚木通　中央粉蒲黄　疮帚何首乌　支解黄丁香　洗瘴丹槟榔　海腊麒麟竭　水磨橄榄金铃子　无名印地榆　无忧扇枇杷叶　鬼木串槐角　黑煞星夜明砂　续命筒干漆　蛮龙舌血没药　羽化魁五加皮　清凉种香薷　度厄钱连翘　汤主山茱萸　圣茏松瞿麦　翻胃木常山　醒心杖远志　玉皇瓜马兜铃　偷蜜珊瑚甘草　德儿杏仁　混沌螟蛉寄生　永嘉圣脯干姜　红心石赤石脂　药本五灵脂　静风尾荆芥　正坐丹砂附子　迎阳子兔丝子　山屠黄蘗　脾家瑞气肉豆蔻　甜面淳于蜜陀僧　剔骨香青皮　痰宫劈历半夏　玉虚饭龙脑　锁眉根苦参　黑龙衣鳖甲　小帝青青盐　百辣云生姜　绶带米麦蘗　半夏精天南星　夜金雄黄　沙田髓黄精　无声虎大黄　小昌明草乌头　草兵巴豆　巢烟九肋乌梅　百子堂草果子　皱面还丹人参　琥珀孙松脂　贼参荠苨　不死面茯苓　火泉竹沥　比目沈香乌药　陆续丸蔓荆子　地白瓜蒌根　天豆破故纸　滴胆芝黄连　新罗白肉白附子　瘦香娇丁香　破关符蓬莪术　王丝皮杜仲　血柜牡丹皮　川元蠢川芎　九女春鹿茸　百药绵黄耆　英华库益智　通天拄杖牛膝　赤天佩姜黄　丹田霖雨巴戟　百丈须石斛　飞天蕊旋复花　安神队杖麦门冬　郓芝天麻　锦绣根芍药　草鱼目薏苡仁　茅君宝箧苍术　尉陀生桂　炼形松子柏子仁　芦头豹子柴胡　丑宝牛黄　肚里屏风艾　九畹菜泽兰　女二天当归　天通绿木香　旱水晶硼砂　还元大品地黄　两平章羌活　死冰白僵蚕　一寸楼台蜂窠　三尺箓枸杞　无情手硇砂　拔萃团麝香　绿须姜细辛

笑靥金菊花 走根梅干葛 八月珠茴香 银条德星山药 埋光乌药良姜 椹圣荜拨 破军杀大戟 吉祥杵桔梗 金母蜕郁金 线子檀芽香 良医匕首葶历 产家大器秦艽 滴金卵延胡索 鬼丹芦会 宜州样子白豆蔻 瓦垅班贝母 孝梗知母 万金茸紫苑 秦尖蒺莉 西天蔓前胡 蕨臣卷柏 五福脔白敛 保生藁藁本 狨奴狗脊 蒜脑薯百合 备身弩芫花 玉灵片石膏

黄庭泉

长生之药，惟积久灌溉丹田为上。仙家以津液为种寿泉，祖《黄庭》也。

草师婆

福德绵、吉祥草、草师婆，皆谓艾也。

大灵豆

华山陈抟有大灵豆，服一粒四十九日不饥，筋骨如故，颜色反婴。

肝天

药有五天：决明为肝天，紫苑为肺天，神曲为脾天，远志为心天，苁蓉为肾天。

草裹丹砂

耆老妇人好熨烙以瓦片暖肚，名为草裹丹砂。凡阴寒觉足疼用之。

扁鹊铭

椒又名扁鹊铭，蜀产者上。叶属木故青，皮本火故赤，花应土故黄，膜兆金故白，子符水故黑：五行全足，草中大丹。服饵家重之。

却老霜

却老霜,九炼松脂为之,辟谷长生。

日面天肠福衢寿车

《大清草木方》云:服云母者成日面天肠,饵钟乳者登福衢寿车。

草创刀圭

《高丽博学记》云:酥名大刀圭,醍醐名小刀圭,酪名水刀圭,乳腐名草创刀圭。

火轮三昧

凡病膏肓之际,药效难比针灸之所以用也。针长于宣壅滞,灸长于气血,古人谓之延年火,又曰火轮三昧。今人有病必灸,亦大癖也。

火灵库

昌黎公愈晚年颇亲脂粉。故事,服食用硫黄末,搅粥饭,啖鸡男,不使交,千日烹庖,名火灵库。公间日进一只焉。始亦见功,终致绝命。

大道丸

食草木方:黑豆一升,去皮。贯众一两,甘草如之,茯苓、吴术、缩砂仁减半,锉了,用水五升,同豆熬煮。火须文武紧慢得中,直至水尽,拣去药,取豆捣如泥,作鸡头实大,有盖瓷瓶密封。黄巢乱江淮,人窜入山林,多饿死。八公山有刹帝利种文禅制此药,名大道丸,嚼一丸,则恣食苗叶可为终日饱。虽异草殊木,素所不识,亦无毒,甘甜与进饭粮一同。获济者众。

回头青

香附子，湖湘人谓之回头青，言就地划去，转首已青。用之之法：砂盆中熟擦去毛，作细末，水搅浸澄一日夜，去水，膏熬稠，捏饼，微火焙干，复浸。如此五七遍，入药，宛然有沉水香味。单服尤清。

羹本

郝轮陈别墅畜鸡数百。外甥丁权伯劝谕轮："畜一鸡，日杀小虫无数，况损命莫知纪极，岂不寒心？"轮曰："汝要我破除羹本，虽亲而实疏也。"

插羽佳人

豪少年尚畜鸽，号半天娇。人以其蛊惑过于娇女艳妖，呼为插羽佳人。

白鸥脯

陈乔、张佖之子，秋晚并游玄武湖。时群鸥游泛，佖子曰："一轴内本潇湘。"乔子俄顾卒吏云："此白色水禽，可作脯否？"佥议云："张佖子半茎凤毛，陈乔男一堆牛屎。"乔子从是得陈一堆白鸥脯之名。

家常腽肭脐

腽肭脐不可常得。野雀久食，积功固亦峻紧，盖家常腽肭脐也。

婆娑儿

郑遨隐居。有高士问："何以阅日？"对曰："不注目于婆娑儿，即侧耳于鼓吹长。"谓玩鸥而听蛙也。

黑凤凰

礼部郎康凝畏妻甚有声。妻尝病,求乌鸦为药,而积雪未消,难以网捕。妻大怒,欲加捶楚。凝畏惧,涉泥出郊,用粒食引致之,仅获一枚。同省刘尚贤戏之曰:“圣人以凤凰来仪为瑞,君获此免祸,可谓黑凤凰矣。”

兀地奴

世谓鹅为兀地奴,谓其行步蹩躠耳。

减脚鹅

御史符昭远曰:“鸭颇类乎鹅,但足短耳,宜谓之减脚鹅。”

轩郎

韩中书俾舒雅作《鹤赋》,有曰:“眷彼轩郎,治兹松府。”

书空匠

书空匠者,乾祐中冷金亭赏菊,分赋秋雁,族子秘书丞敞先就,诗曰:“天扫闲云秋净时,书空匠者最相宜。”云云。

福德长

韩轸家藏《三义雁图》,有赞云:“伺察非常,为福德长。”

灌阳公

宣城开元寺殿上有鹤,云巢沙门梵报撰《灌阳公开府记》。

瓦亭仙

鹳多在殿阁鸱尾及人家屋兽结窠,故或有呼瓦亭仙者。

青喜

李正已被囚执，梦云青雀噪即报喜也。是旦果有群雀啁啾，色皆青苍。至今李族居淄青者呼雀为青喜。

凤隐

韦嗣立宅后林麓邃密，有黄鹄一双潜于左侧，每韦氏有吉庆事，则先期盘翔。时人议曰："人君德感，凤凰呈瑞。世未尝无凤凰，非可出之时而自隐耳。今山鹄为韦氏家候祥报吉否，则与凤凰隐同焉者也。"

半瑞

吴兴罗捕者得一鸾，紫翠色，俊鸷可喜。山民朱神佐以谓钱俶初即位，此是珍祥，献之必推赏典。即重价偿罗者，携诸杭，将献鸾，无故而殒。滑稽者多以半瑞之言嘲神佐。

肉寄生

章贡小蒙川苏氏山林多鸠，宾客满坐，可悉餍饫。一网数十百，咄嗟可具。故其党戏之曰："此君家肉寄生也。"

九苞奴

《动植广疏》云："锦雉一名九苞奴。"谓其有文无德，真凤凰之奴隶。

哑瑞

于頔、董天休俱为鄜州从事。頔文辨，天休木讷而衣冠甚丽。一日，有吏人获锦雉来献，頔笑曰："此物毛羽灿错，但鸣不中律吕，亦哑瑞而已矣。"天休觉其谑己，徐曰："若以声语求之，蝉似可取，其如闹禅师座上敲拄杖示众，而望道远矣。"頔衔之。因兹日益参商，讼于有司，至于相骂辱，讥调之诗悉著在史牍，若发诵之，可清欢竟日，目为凤凰案。

长 生 网

鹑之为性，闻同类之声则至。熟其性，必求鹑之善鸣者诱致，则无不获。自号引鹑为长生网。

族 味

鹑捕之者多论网而获，故雌雄群子同被鼎俎。世人文其名为族味。

碧 海 舍 人

隋宦者刘继诠，得芙蓉鸥二十四只以献，毛色如芙蓉。帝甚喜，置北海中，曰："鸥字三品鸟，宜封碧海舍人。"

人 日 鸟

南唐王建封不识文义，族子有《动植疏》，俾吏录之。其载鸽事，以传写讹谬，分一字为三，变而为人日鸟矣。建封信之，每人日开筵，必首进此味。

痴 伯 子

葛从周养一皂鹰甚鸷，忽突笼飞去。从周惜，责掌事讨捕良急。从周方食，小仆报桐树上鹰见栖泊，望之，乃一鸱也，怒骂曰："不解事奴，此痴伯子，得万个何所用！"促寻黑漫天。黑漫天，所失鹰名也。

唾 十 三

《厌胜章》言：枭乃天毒所产，见闻者必罹殃祸。急向枭连唾十三口，然后静坐，存北斗，一时许可禳。伪汉蒙州刺判史龙骁，武人，极讳己名，又父名碏、子名蛩，亦讳之。郡人呼枭曰唾十三，鹊曰喜奈何，蛩曰秋风部属，私相告云："若使君祖讳饭，吾辈亦当称甑家粥耶？"

纳脍场小尉

取鱼用鸬鹚，快捷为甚。当涂茭塘，石阜民庄舍在焉，畜鸬鹚于家，缆小舟在岸，日遣一丁取鱼供家。邑尉过，时见之，谓阜民曰："小舟即纳脍场，鸬鹚乃小尉耳。"复曰："江湖渔郎用鸬鹚，乃小尉耳。"复曰："江湖渔郎用鸬鹚者，名乌头网。"

锦地鸥

闽中造盏，花纹鹧鸪斑点，试茶家珍之，因展蜀画鹧鸪于书馆。江南黄是甫见之，曰："鹧鸪亦数种，此锦地鸥也。"

观自在

耶律德光入京师，春日闻杜鹃声，问李崧："此是何物？"崧曰："杜鹃。唐杜甫诗云：'西川有杜鹃，东川无杜鹃。涪万无杜鹃，云安有杜鹃。'京洛亦有之。"德光曰："许大世界，一个飞禽，任他拣选，要生处便生，不生处种也无，佛经中所谓观自在也。"

渊明鬼

太府少卿潘崇有处女名妙玉，咏杜鹃云："一九苞奴般，毛羽渊明鬼。"

顷刻虫

后周武帝置官于泸川，酿毒药为酒，年以供进。所用材品不一，名野。叉酒。役者皆取大辟舍罪而驱策之，官长岁颁续命金以毒气薰煮。官被者多死，徒卒恐怯。鸩为一拂乌、顷刻虫，蝮蛇为劈历，蜂为小峭。

九罗

明崇俨《厌胜书》：鬼车九首，妖怪之魁。凡所遭触，灭身破家。故一名九罗。其掌之者曰天血使者。然物可以类胜，羽毛中凡十种，鬼车切畏之，宜用烹制，召巫为祭，尽禳桧之法焉。

相如锦

相如、文君用鹔鹴裘贳酒。长沙浪士王渲与名倡董和仙客为丽服，涂鹔鹴状，号相如锦。久而都下亦效之。

兽

白沙龙

冯翊产羊，膏嫩第一。言饮食者推冯翊白沙龙为首。

珍郎

天后好食冷修羊肠。张昌宗冷修羊手札曰："珍郎杀身以奉国。"

角仙

华清宫一鹿，十年精俊不衰，人呼曰角仙。

玉署三牲

道家流书言，獐、鹿、麂是玉署三牲，神仙所享，故奉道者不忌。

糟糠氏

伪唐陈乔食蒸肫，曰："此糟糠氏面目殊乖，而风味不浅也。"

金鞍使者

王昶倾金钱市名马，凡得五匹，各有位号，曰金鞍使者、千里将军、致远侯、渥洼郎、骥国公。

灵寿子

武宗为颖王时，邸园畜食兽之可人者，以备十玩。绘《十玩图》，于今传播。

九皋处士鹤 玄素先生白鹇 长鸣都尉鸡 灵寿子龟 惺惺奴猴 守门使犬 长耳公驴 鼠将猫 茸客鹿 辨哥鹦鹉

麝香骗

魏王继岌奉命伐蜀。王衍苑马数百，皆逸足也，继岌犹比选之，得二十许匹，格赏不可言。

麝香骗 锦耳骢 骆十二 趁日骢 偏界王 陷冰骗 长命骝 孙儿骢 笼菘白 八百哥 掠地云 锦地龙 雪面娘 月影三 玉尾骗 撒沙骝 天花骆 旋风白 窣地娇 六尺金 衔蝉奴

后唐琼花公主，自丱角养二猫，雌雄各一，有雪白者曰御花朵，而乌者惟白尾而已，公主呼为麝香骗妲己。

尾君子

郭休隐居太山，畜一胡孙，谨恪不逾规矩，呼曰尾君子。

黄奴

耒阳廖习之家生一黄犬，识人喜怒颐指。习之尝作歌云："吾家黄奴类黄耳。"

绿耳梯

江南后主同气宜春王从谦，常春日与妃侍游宫中后圃，妃侍睹桃花烂开，意欲折而条高。小黄门取彩梯献。时从谦正乘骏马击球，乃引鞚至花底痛采芳菲，顾谓嫔妾曰："吾之绿耳梯何如？"

菊道人

亳社吉祥僧刹有僧诵《华严》大典，忽一紫兔自至，驯伏不去，随僧坐起，听经坐禅。惟餐菊花，饮清泉。僧呼菊道人。

白雪姑

余在辇毂，至大街，见揭小榜曰："虞大博宅失去猫儿，色白，小名白雪姑。"

钝公子

天成、长兴中，以牛者耕之本，杀禁甚严，有盗屠私贩，不敢显其名，婉称曰格饵，亦犹李甘家号甘子为金轮藏、杨虞卿家号鱼为水花羊、陆象仙家号象为钝公子、李栖筠家号犀为独笋牛、石虎时号虎为黄猛、朱全忠时号钟为大圣铜，俱以避讳故也。

肉胡床

吉祥座，杜重威马也；肉胡床，景延广马也。

肉灶烧丹

开运中，术士曹盈道来谒，自陈能肉灶烧丹，借厅修养。询其说，肉灶者，末生朱砂饲羊羔腯，乃供厨；借厅者，素女容成闭阳采阴之意。

四足仙人

鲁人东野宾王适吴，至盱眙村店，使仆夫粜米拾薪，俱未来，而马已脱鞍解络饱于芳秀也。宾王羡曰："绿耳公，尔为四足仙人，我是两脚饿鬼。"

黄毛菩萨

予阳翟庄舍左右有田老者，不为欺心事，出言鲠直，诨名撞倒墙。尤不喜杀牛，见村舍悬列牛头脚，告妻子曰："天下人所吃，皆从此黄毛菩萨身主发生。临了杀倒，却有天在！"

峻青宅

李道殷，华山道士。山栖谷饮，有奇术，能摄伏鬼神。畜一黑猿儿，呼为臂童。道殷于庵侧古松上，以茅草枝稍营一巢，为臂童寝息之所，名曰峻青宅。

虫

涂金折枝蜻蜓

后唐宫人或网获蜻蜓，爱其翠薄，遂以描金笔涂翅，作小折枝花子，金线笼贮养之。尔后上元卖花者取象为之，售于游女。

花　贼

温庭筠尝得一句云："蜜官金翼使。"遍示知识，无人可属。久之，自联其下曰："花贼玉腰奴。"予以谓道尽蜂蝶。

篆　愁　君

临川李善宁之子，十岁能即席赋诗。亲友尝以贫家壁试之，略不构思，吟曰："椒气从何得？灯光凿处分。拖涎来藻饰，惟有篆愁君。"拖涎，指蜗牛也。

莎　亭　部　落

浮屠氏《弥陀经》云：极乐世界有白鸥、孔雀、鹦鹉、舍利、迦陵频伽，故今人目为西方部落。至于呼蛩为莎亭部落，不知何为。

青　林　乐音药。

唐世京城游手夏月采蝉货之，唱曰："只卖青林乐。"妇妾小儿争买，以笼悬窗户间。亦有验其声长短为胜负者，谓之仙虫社。

尔　雅　虫

小符拆字为赋，得父绪余。余过其家，正见庄宾来呈蛩，小符曰："此虫雅哉？"予曰："子将拆蛩为二，出雅字以张本。若作尔雅虫，无疑也。"适中其谋，轰笑而已。

鱼

一命鳗鲡

江南紫微郎熙载酷好鳗鲡，庖人私语曰："韩中书一命二鳗鲡。"

王字鲤

鲤鱼多是龙化，额上有真书王字者名王字鲤，此尤通神。

裙襕大夫

晋祠小池蓄老鳖，大如食盘，不知何人题阑柱曰："裙襕大夫，乌衣开国。何元美后，失鳖所在。"

平福公

唐故宫池中有一六目龟，或出曝背，人见其甲上有刻字，微金，仿佛如曰平福公君灵。古老传是武宗王美人所养，福犹腹也，借音而已。

水晶人

二三友来访，买得虾蟹具馔，语及唐士人逆风至长须国娶虾女事，坐客谢谦冲曰："虾女岂不好？白角衫裹个水晶人。"满筵无不大笑。

黄大

伪德昌宫使刘承勋嗜蟹，但取圆壳而已。亲友中有言："古重二螯。"承勋曰："十万白八，敌一个黄大不得。"谓蟹有八足，故云。

筴舌虫

卢绛从弟纯以蟹肉为一品膏，尝曰："四方之味，当许含黄伯为第一。"后因食二螯筴伤其舌，血流盈襟。绛自是戏纯蟹为筴舌虫。

软钉雪笼

京洛白鳝极佳，烹治四方罕有得法者。周朝寺人杨承禄造脱骨独为魁冠，禁中时亦宣索承禄进之，文其名曰软钉雪笼。

水族加恩簿

吴越功德判官毛胜多雅戏，以地产鱼虾海物，四方所无，因造水族加恩簿，品叙精奇。有钱氏子得之，余观私家，一夕全录。

水族，浙地之产为多。加恩簿者，晋陵毛胜公敌所出也。须鳞壳甲，种类差殊，荐醴登盘，皆可于口。陈言烂说，不足尽其妙，故各扬乃德，各叙所材，然后总材德形容之美，假以封之。令者，盖沧海龙君之命。夫龙擅于海，君制万族，号令其间，宁有不可！胜生居水国，餍享群鲜，常以天馋居士自名，则观此簿者宜不责而笑也。

玉桂仙君江殊乃江瑶之文名。

令咨尔独步王江殊，鼎鼐仙姿，琼瑶绀体，天赋臣美，时称绝佳。宜以流碧郡为灵渊国，追号玉桂仙君，称海珍元年。

章丘大都督一沧浪头盖章举，二白中隐盖车螯，三淡然子盖蚶菜，四季遐盖虾魁。

令章丘大都督忠美侯沧浪头，隐浪色奇，入瓯称最；杜口中郎将白中隐，负乃厚德，韬其雄姿；殊形中尉兼灵甘尹淡然子，体虽诡异，用实芳鲜；玉德公季遐，纯洁内含，爽妙外济。沧浪头可灵渊国上相无比，白中隐可含珍大元帅丰甘上柱国兼脆尹，淡然子可天味大将军远胜王，季遐可清绡内相颉羹郡王。

爽国公一南宠乃蠘，二甲藏用乃蝤蛑，三解蕴中乃蟹，四解微子乃彭越。

令多黄尉权行尺一令南宠，截然居海，天付巨材，宜授黄城监远珍侯；复以尔专盘处士甲藏用，素称蠘副，众许蟹师，宜授爽国公圆珍巨美功臣；复以尔甘黄州甲杖大使咸宜作解蕴中，足材腴妙，螯德充盈，宜授糟丘常侍兼美；复以尔解微子，形质肖祖，风味专门，咀嚼谩陈，当置下列，宜授尔郎黄少相。

甘松左右丞仲扃乃蛤蠑。

令合州刺史仲扃，重负双宅，闭藏不发，既命之为含津令，升之为悫诚君矣，粉身功大，偿之实难，宜授紫晖将军甘松左右丞监试甘圆内吏。

清腴馆学士文名灵蜕先生。

令灵蜕先生，外无排胁之皴，内无鲠喉之乱，宜授红铛祭酒清腴馆学士。

橙虀录事鲈名红文生卢清臣。

令惟尔清臣，销酲引兴鳞鬣之乡，宜授橙虀录事守招贤使者。

珍曹必用郎中鲥名时充。

令珍曹必用郎中时充，铛材本美，妙位无高，宜授诸衙效死军使持节雅州诸军事。

骨鲠卿鲚名白圭夫子。

令惟尔白圭夫子，貌则清臞，材极美俊，宜授骨鲠卿。

醉舌公鼋名甘鼎。

令甘鼎，究详尔调鼎之材，咽舌潮津，宜封醉舌公。

擐甲尚书鳖名甲拆翁。

令甲拆翁，挟弹于中巧也，负担于外礼也。介胄自防，不问寒暑，智也。步武懦缓，不逾规绳，仁也。故前以擐甲尚书荣其迹，显其能，宜授金丸丞相九肋君。

典 酱 大 夫鲎名长尾先生。

令长尾先生，惟吴越人以谓用先生治酱，华夏无敌，宜授典酱大夫仙衣使者。

新 美 舍 人石首名元镇。

令元镇，区区枕石子孙，德甚富焉，宜授新美舍人。

怀 奇 令 史石决明名朱子房。

令和羹长朱子房，酒方沉酣，臭薰一座，挑箸少进，神明顿还，至于七孔赋形，治目为最，宜授怀奇令史。

甘 盘 校 尉乌贼名甘盘。

令甘盘校尉，吐墨自卫，白事有声，宜授噀墨将军。

通 幽 博 士龟名元介卿。

令元介卿，尔卜灼之效，吉凶了然，所主大矣，宜授通幽博士。

同体合用功臣借眼公乃水母。

令惟尔借眼公，受体不全，两相藉赖，宜授同体合用功臣左右卫驾海将军。

点 花 使 者李藏珍即真珠，斑希即玳瑁。

令李藏珍，照乘走盘，厥价不赀；斑希，裁簪制器，不在金银珠玉之下。藏珍宜授圆辉隐士，斑希宜授点花使者。

梵 响 参 军牡蛎曰房叔化，梵响曰屈突通，研光螺曰阮用光，珂曰罗幼文。

令房叔化，粉厕汤丸，裹护丹器；屈突通，振声远闻，可知佛乐；阮用光，运体施功，物皆滑莹；罗幼文，类乎贝孙，点缀鞍勒，灿然可观，小有文采。叔化可豪山太守，乐藏监固济；突通可曲沃郎，梵响参军摄玉塔金舍；用光可检校大辉光，宜充掌书记；幼文可马衣丞。

济馋都护田青是螺蛳，申洁是蛙，江伯夷是鳝鳠，屯江小尉是江豘。

令惟尔田青，微藏浅味，无所取材，世或烹调以为怪品；申洁，苍皮瘾疹，矮股跳梁；江伯夷，宋帝酷好，鳔则别名；屯江小尉，渔工得隽，亦号甘肥。田青授具体郎，申洁宜授济馋都护行水乐令，伯夷宜授宋珍都尉南海詹事，屯江小尉宜授追风使试汤波太守。

银丝省餍德郎锦袍氏鳜也，李本鲤也，鲜于羹鲫也，楚鲜白鱼也，缩项仙人鳊也，食宠侯鲟鳇也，单长福鳝也，管统葱管也，备员居士东崇也，唐少连崇连也。

令以尔锦袍氏，骨疏肉紧，体具文章，宜授苏肠御史仙盘游奕使。以尔李本，三十六鳞，大烹允尚，宜授跨仙君子世美公。以尔鲜于羹，斫脍清妙，见称杜陵，宜授轻薄使银丝省餍德郎。以尔楚鲜，隐釜沉糟，价倾淮甸，宜授倾淮别驾。以尔缩项仙人，鬼腹星鳞，道亨襄汉，宜授槎头刺史。以尔食宠侯，友节斑驳，标致高爽，宜授添厨太监。以尔单长福，曲直靡常，鲜载具美，宜授泥蟠掾。以尔管统，省象菜伯，可备煎和，宜授长白侯同盘司箸局平章事。以尔备员居士，腥粗无状，见取俗人，宜授炼身公子。以尔唐少连，池塘下格，代匮充庖，宜授保福军节度使。

春荣小供奉河豘名黄荐可。

令黄荐可，尔泽嫩可贵，然失于经治，败伤厥毒，故世以醇疵隐士为尔之目，特授三德尉兼春荣小供奉。

辅庖生鳆名新餐氏。

令新餐氏，尔疗饥无术，清醉有材，莽新妖乱，临盘肆餮，物以人污，百代宁洗！尔之得氏，累有由矣。宜特补辅庖生。

表 坚 郎

令盖顽生乎泥沙，薄有可采，宜授表坚郎。

卷下

肢　体

髭　圣

唐文皇虬须壮冠，人号髭圣。

何　首　乌

吉州宾客吏何一面有黑志，连耳右腮，曹号何首乌。

玉　版　刀

小雪乍晴，开明窗深炉之会，时檐际串脯正干湿得宜，取以侑觞。众宾用小刃削食，独丘侑之左右咬嚼，捷如虎兕，一坐哗云："丘主簿口中自有玉版刀也。"

十　样　佛

世有十样佛，皆秃首者也：一僧、二尼、三老翁、四小儿、五优伶、六角觝、七泅鱼汉、八打狐人、九秃疮、十酒秃。

五百斤肉磨

晋祖时，寺宦者廖习之体质魁梧，食量宽，博食物，勇捷有若豺虎。晋祖尝云："卿腹中不是脾胃，乃五百斤肉磨。"

梦　宅

张崇帅庐，遇生日，设延生大斋，僧道献功德疏，祈祝之词往往上比彭李。有草衣叟闻之，笑曰："分身梦宅，会归变灭。革囊污秽，烦恼所生。何足多恋!”或言于崇。崇以寿日,免决押领出。

黑　　京

临沂路村人,依大树卖瓜。有行者四五人邂逅一处,因互问乡里,或云汴京、咸京、洛京、邺京,惟黥面武士未对。坐末儒生戾声曰:“君莫非黑京否?”众俱不晓。天下多口不饶人,薄德无顾藉,措大打头,优伶次之。

针　　史

自唐末,无赖男子以札刺相高,或铺《辋川图》一本,或砌白乐天、罗隐二人诗百首,至有以平生所历郡县饮酒蒱博之事、所交妇人姓名齿行第坊巷形貌之详一一标表者。时人号为针史。

作　　用

齿 牙 春 色

娄师德位贵而性通豁,尤善捧腹大笑。人谓师德为齿牙春色。

口 欢 手 怒

和鲁公慷慨厚德,每滑稽,则哄堂大笑。时博士杨永符能草圣,有省郎闻鲁公笑声,戏谓杨曰:“丞相口欢笑。”永符曰:“予忝事笔墨,方挥扫之际,亦谓太博手怒耶?”

无 字 歌

长沙狱掾任福祖拥驺吏出行,有卖药道人行吟曰:“无字歌,呵呵亦呵呵,哀哀亦呵呵。不似荷叶参军子,人人与个拜缺木。大作厅上假阎罗。”福祖审思岂非异人,急遣访求,已出城矣。

混沌谱

华山陈真人隐于睡。冯翊士寇朝一常事真人,得睡之崖略。后还乡,惟睡而已。郡南刘垂范往谒,其从以睡告。垂范坐寝外,闻齁鼾之声雄美可听,退而告人曰:“寇先生睡中有乐,乃华胥调双门曲也。”或曰:“未审谱记,何如?”垂范以浓墨涂纸满幅,题曰“混沌谱”,云:“即此是也。”

小太平

郭尚贤尝云:“服饵导引之余,有二事,乃养生大要,梳头、浴脚是也。”尚贤每夜先发后脚方寝,自曰:“梳头浴脚长生事,临卧之时小太平。”

轻薄莲花

王行简,江西人。口吻甚恶,当世之事,莫不品藻,一经题品,终身不可逃丑。识者憎畏,号行简舌头为轻薄莲花。

守中论

杨玢,靖恭诸杨也。还政天子,娑婆田里,自以多言数穷,不如守中,著《守中论》。

软尽虚空藏

人而无信,不知其可也。浮屠者流谓,若将妄语诳众生,自招拔舌尘沙劫。今世假装桃杏,义修楼阁,虽士大夫尚不能免,况屠沽乎?余不敢诋訾,辄借菩萨名加两字,称曰软尽虚空藏。

居室

竹节洞

洛下公卿第宅棋布,而郭从义为冠。巧匠蔡奇献样,起竹节洞,通贯明窈，人以为神工。然从义亦不甚以为佳，终往他所。

不思议堂

懿代崇佛法，馆宇逾制，佛骨至，起不思议堂，将奉遗体。工半，帝升遐。

薝蔔馆

杜岐公别墅建薝蔔馆，室形亦六出，器用之属俱象之。按《本草》，栀子一名木丹，一名越桃，然正是西域薝蔔。

会龙桥

蜀相许寂相王衍。衍终秦川，寂至洛，以尚书致政。葺园馆，引水为溪，架巨竹为桥，号会龙桥，谓竹可以化龙耳。

秋声馆

余衔命渡淮，入广陵界，维舟野次。纵步至一村圃，有碧芦方数亩，中隐小室，榜曰秋声馆。时甚爱之，不知谁家之别墅，意主人亦雅士也。

览骥亭

周初，枢密王峻会朝臣，予亦预。吏引坐览骥亭，深不喻其名，呼吏问之，曰："太尉暇日，悉阅厩马于此为娱玩焉。"

屏宫

屏宫，孟蜀高祖晚年作。以画屏七十张关百纽而斗之，用为寝所。

含熏阁

长安富室王元宝，起高阁，以银镂三棱屏风代篱落，密置香槽自花镂中出，号含熏阁。

自在窗

韩熙载家故纵姬侍，第侧建横窗，络以丝绳，为观觇之地。初惟市物，后或调戏，赠与所欲如意，时人目为自在窗。

栈王家

王骥家寿春，出郊隔山陂，以木栈通之，其门人遂目为栈王家。

凤凰京

压韵难得京字，因读陈张正见《阙下行灯宵》诗，谩记之："华耀荔枝烛，光绚凤凰京。"

金迷纸醉

痈医孟斧，昭宗时常以方药入侍。唐末窜居蜀中。以其熟于宫，故治居宅法度奇雅。有一小室，窗牖焕明，器皆金纸，光莹四射，金采夺目。所亲见之，归语人曰："此室暂憩，令人金迷纸醉。"

小鲁轩

宜春城中有堆阜，郡人谓之袁台。地属李致，致有文驰声众，筑室于袁台，取登东山而小鲁之义，榜为小鲁轩。

策勋亭

吴门王希默，简淡无他好，惟以对镜为娱，整饰眉髩，终日无倦。以杜甫有"勋业频看镜"之句，作策勋亭。

剖金堂

宣城何子华，有古橙四株。面橙建剖金堂，霜降子熟，开尊洁馔，与众共之。

五窟

善谈者，莫儒生若也。老拙幼学时，同舍生刘垂尤有口材，曹号虚空锦，说他时得志事，余尝记一说，曰："有钱当作五窟室：吴香窟，尽种梅株；秦香窟，周悬麝脐；越香窟，植岩桂；蜀香窟，栽椒；楚香窟，畦兰。四木草各占一时，馀日入麝窟，便足了一年，死且为香鬼，况于生乎？"其人仕而贫，财不副心而卒。

假天

贫者以屋不露明，上安油瓦，以窃微光。又或四邻局塞，则半空架版，叠垛箱筥，分寝儿女。故有假天假地之称。

高明世界

陈犀罢司农少卿，省女兄于姑苏。适上元夜观灯，车马喧腾，目夺神醉，叹曰："涉冰霜，泛烟水，乍见此高明世界。"遂觉神明，顿还旧观。

野春亭

武陵儒生苗彤，事园池以接宾客。有野春亭者，杂植山花，五色错列。

长庆赤

穆宗喜华丽，所建殿阁，以纸膏胶水调粉饰墙，名雪花泥。又一等鳔清和丹砂末，谓之长庆赤。

藏用仙人

广府刘龑僭大号，晚年亦事奢靡，作南熏殿，柱皆通透刻镂，础石各置炉燃香，故有气无形。尝谓左右："隋帝论车烧沉水，却成粗疏，争似我二十四个藏用仙人？纵不及尧舜禹汤，不失作风流天子。"

蝶　　庵

李愚告人：予夙夜在公，不曾烂游华胥国。意欲于洛阳买水竹作蝶庵，谢事居其间。庵未下手，铭已毕工。庵中当以庄周为开山第一祖，陈抟配食。然忙者难为注籍供职。

醉　沤　亭

王震为天福国子博士，好观雨中沤疏稠出没，每雨，就四阶狭拥处寓目而心醉焉。张麟瑞戏之曰："公宜以此亭为醉沤。"

衣　　服

珠络平金朝天幞头

广顺初，簿阅太庙杂物，其间有珠络平金朝天幞头一事。

顺　　裹

郢王凤历之叛，别制幞头，都如唐巾，但更双脚为仙藤耳，其徒号为顺裹。

圣　逍　遥

同光既即位，犹袭故态，身预俳优，尚方进御巾裹，名品日新。今伶人所顶尚有合其遗制者，曰圣逍遥、安乐巾、珠龙便巾、清凉宝山、交龙太守、六合舍人、二仪幞头、乌程样、玲珑高常侍、小朝天、玄虚令、漆相公、自在冠、凤翼、三千日华、轻利巾、九叶云、黑三郎、庆云仙圣、天宜卿，凡二十品。

李　家　宽

清泰燕服凡两品，幞头李家宽者，漆地加金线，棱盘四脚差细。

安丰顶

南汉僭创小国，乃作平顶帽自冠之，由是风俗一变，皆以安丰顶为尚。

化巾

桑维翰服蝉翼纱大人帽，庶表四方，名为化巾。

韩君轻格

韩熙载在江南造轻纱帽，匠帽者谓为韩君轻格。

减样方平帽

罗隐帽轻巧简便省朴，人窃仿学，相传为减样方平帽。

千重袜

唐制，立冬进千重袜。其法用罗帛十余层，锦夹络之。

钦帽

道士所顶者橐籥冠，或戴星朝上巾，曰筅绡。尝跨马都市间，曰："暑热何不去钦帽？"试回视之，乃老黄冠卸其上巾矣。

龙蕊簪

吴越孙妃尝以一物施龙兴寺，形如朽木箸，僧不以为珍。偶出示，舶上胡人曰："此日本国龙蕊簪也。"增价至万二千缗易去。

蒸黄透绣袄子

明宗天资恭俭。尝因苦寒，左右进蒸黄透绣袄子，不肯服，索托罗毡袄衣之。

遵王履

宣宗性儒雅。令有司效孔子履制进，名鲁风鞋。宰相诸王效之而微杀其式，别呼为遵王履。

脆玉绦

武帝缘金丹示孽，中境躁乱。内侍童膺福希旨进脆玉绦，用锦作虚带，以冰条裸腹系之，心腑俱凉，移时销镕，复别更替。

佛光裤

潞王从珂出驰猎，从者皆轻零衫佛光裤。佛光者，以杂色横合为裤。

小样云

士人暑天不欲露髻，则顶矮冠。清泰间，都下星货铺卖一冠子，银为之，五朵平云，作三层安置，计止是梁朝物，匠者遂依效造小样求售。

十指仓

曹翰事世宗为枢密承旨，性贪侈，常著锦袜金线丝鞋，朝士有托无名子嘲之者，诗曰："不作锦衣裳，裁为十指仓。千金包汗脚，惭愧络丝娘。"

雨仙

张崇帅广，在镇不法，酷于聚敛。从者数千人，出遇雨雪，皆顶莲花帽琥珀衫，所费油绢，不知纪极。市人称曰雨仙。

小太清

临川上饶之民，以新智创作醒骨纱，用纯丝蕉骨相兼拈织，夏月衣之，轻凉适体。陈凤阁乔始以为外衫，号太清氅。又为四褛肉衫子，呼小太清。

拂拂娇

同光年，上因暇日晚霁，登兴平阁，见霞彩可人，命染院作霞样纱，作千褶裙，分赐宫嫔。自后民间尚之，竞为衫裙，号拂拂娇。

鼈装

男子出家学佛，始衣矾墨连裙黖，谓之鼈装。

阑单带叠垛衫

谚曰："阑单带，叠垛衫，肥人也觉瘦岩岩。"阑单，破裂状。叠垛，补衲盖掩之多。

凤尾袍

凤尾袍者，相国桑维翰时未仕缊衣也。谓其缢缕穿结，类乎凤尾。

芭蕉裤

余在翰苑，以油衣渐故，遣吏市新者，回云："马行油作铺目录：入朝避雨衫芭蕉裤，一副二贯。"

围头债

晋朝贱者，承人乏供，八砖之职，猥蒙天眷。一日大暑，方下直还私室，裸袒挥拂。未须臾，中使促召。左右急报裹头巾，余叹曰："阿僧祇劫中欠此围头债，天使于禁林严紧地还之也。"

装饰

脂粉簿

显德中，岐下幕客入朝，因言其家有旧书名《脂粉簿》，载古今妆饰殊制。

开元御爱眉

五代宫中画开元御爱眉：小山眉、五岳眉、垂珠眉、月棱眉、分梢眉、涵烟眉。国初小山尚行。得之宦者窦季明。

胭脂晕品

僖、昭时，都下倡家竞事妆唇，妇女以此分妍否。其点注之工，名字差繁，其略有：胭脂晕品、石榴娇、大红春、小红春、嫩吴香、半边娇、万金红、圣檀心、露珠儿、内家圆、天宫巧、洛儿殷、淡红心、腥腥晕、小朱龙、格双、唐媚花、奴样子。

浅文殊

范阳凤池院尼童子，年未二十，秾艳明俊，颇通宾游。创作新眉，轻纤不类时俗，人以其佛弟子，谓之浅文殊眉。

绿牙五色梳

洛阳少年崔瑜卿，多赀，喜游冶。尝为倡女玉润子造绿象牙五色梳，费钱近二十万。

北苑妆

江南晚季，建阳进茶油花子，大小形制各别，极可爱。宫嫔缕金于面，皆以淡妆，以此花饼施于额上，时号北苑妆。

胶煤变相

莹姐，平康妓也。玉净花明，尤善梳掠画眉，日作一样。唐斯立戏之曰："西蜀有十眉图，汝眉癖若是，可作百眉图。更假以岁年，当率同志为修眉史矣。"有细宅眷而不喜莹者，谤之为胶煤变相。自昭、哀来，不用青黛扫拂，皆以善墨火煨染指，号熏墨变相。

陈　设

瑞英帘

人家畜一帘，赤紫色，人在帘间，自外望之，绕身有光。云得于天宝之乱，盖宫禁物也。后归于浑瑊家，有贵臣识之曰："此瑞英帘耳。"

尊重缬帐

显德中，创行尊重缬，淡墨体，花深黄。工部郎陈昌达好缘饰，家贫，货琴剑，作缬帐一具。

六合被

庄宗灭梁平蜀，志颇自逸，命蜀匠旋织十幅无缝锦为被材。被成，赐名六合被。

起纹秋水席

显德中，书堂设起纹秋水席，色如蒲萄紫，而柔薄类绵，叠之可置研函中。吏偶覆水，水皆散去，不能沾濡。不识其何物为之。

杨花枕

卢文纪有玉枕骨，故凡枕之坚实者悉不可用。亲旧间作杨花枕赠之，遂获安寝。自是，缝青缯充以柳絮，一年一易。

水精金脉屏风

成德节度王镕求长生不死，日延异人方士，坐邃宇映水精金脉屏风，焚香，谓飞升可致。吏民莫不窃笑。

斗磨大同簟

李文饶家藏会昌所赐大同簟，其体白竹也，斗磨平密，了无罅隙，但如一度腻玉耳。

左宫枕

左宫枕，青玉为之，体方平，长可寝二人，冬温夏凉，醉者破醒，梦者游仙。云是左宫王夫人，左宫以授杜光庭，光庭进之蜀主。与皇明帐为僻宫二宝。

皇明帐

自知祥传至昶，但称皇明帐，不知所自。色浅红，恐是鲛绡之类。于皱纹中有十洲三岛象，施之大小床，皆称可，此为怪耳。夜则灿错如金箔状。昶败，失所在。

玉罗汉屏

京城北医者孙氏有木频小石屏，石色赤绿，上有正白如蒙头坐僧，颇类真。京人相沿号玉罗汉屏孙家。

逍遥座

胡床，施转关以交足，穿便绦以容坐，转缩须臾，重不数斤。相传明皇行幸频多，从臣或待诏野顿，扈驾登山不能跂立，欲息则无以寄身，遂创意如此。当时称逍遥座。

青纱连二枕

舒雅作青纱连二枕，满贮酴醾木犀瑞香散蕊，甚益鼻根。尚书郎秦南运见之，留诗曰："阴香装艳入青纱，还与欹眠好事家。梦里却成三色雨，沉山不敢斗清华。"

绰楔台盘

五代五十年间，易姓告代如翻鏊上饼然。官爵益滥，小人乘君子之器，富贵出于非意，视国家安危如秦越不相谋，故将相大臣得以窃享燕安。当时贵势以筵具更相尚，陆珍水异，毕集于前，至于方丈之案不胜列，旁挺二案翼之。珠花玉果，蔬笋鲊醢，糖品香剂，参差数百，谓之绰楔台盘。御宴官家，例不能辨。

节日翁

陆龟蒙谭谑有味。居笠泽，有一竹禅床，常用偃憩。时十月天已寒，侍童忘施毡褥，龟蒙已坐，急起呼曰："此节日翁，须是与些衣服。不然，他寒我也寒。"

夏清侯传

保大霸主同气曰宜春王从谦，材性夙成，制撰多不具藁，拟下邳侯革华体作《夏清侯传》云：侯姓干氏，讳秀，字耸之，渭川人也。曾大父仲森碧虚郎，大父挺凌云处士。父太清方隐于幽闲，辄以卓立卿自名。衣绿缕，佩玉玦。秦闻之，就拜银绿大夫。秀始在胚胞，已有祖父相。生而操持，面目凛然，佥曰凤雏而文，虎鞹而斑斑，秀之谓也。不日间，昂霄耸壑，姿态猗猗，远胜其父。久之，材坚可用。时秦王病暑，席温为下常侍，不称旨。有言秀甚忠，能碎身为王，得之必如意。王亟召使者驾追锋车，旁午于道。既至，引对，王大悦，诏柄臣金开剖喻。秀以革故鼎新之义，然后剖析其材，刮削其粗，编度令合。又教其方直缜密，于是风采德能一变。有司奏上殿，王宣旨云：恨识卿之晚，赐姓名为平莹，封夏清侯，实食嶰谷三百户。莹以赐姓名，改字少覃。自此槐殿虚敞，玉窗邃深。莹专奉起居，往往屏疏妃嫔，以身藉。莹向之，喘雷汗雨，隐不复见，如超热海登广寒宫。王病良愈，谓左右："莹每近吾，则四体生风，神志增爽，虽古清卿清郎，何以尚兹？"宠遇益隆，偃曹侍郎，羽果支头，使沉水卷足，功臣添凭，皆出其下。莹暇日沐浴万珠水，醺酣百穗香，辟谷安居，咏箨兮之诗以自娱。感子猷此君之称，嫌牧之夫人之谤，回视作甲者劳于魏武，为冠者小于汉高，白虎殿之虚名，童子寺之寡援，未尝不伤其类而长太息也。不懈于位，前后五年，秋归田园，夏直轩阁，功日大。无何，秦王有寒疾，不可以风。席温再幸，兼拜罗大周为斗围监，蒙厚中为边幅将军，同司卧起。莹绝不召，踪迹卷而不舒，潦倒尘埃中，每火云排空，日色如焰，则忆昔悲今，泪数行下。乃上表乞骸骨，得请以便。就第，终王世不用。子嗣节袭国，有罪除。其封人以凝秋叟呼之，既不契风云，但以时见于士庶家，亦得人之欢心。后世尚循莹业，流落遍于四方，惟西北地寒，故辙迹不至云。

器　具

十二时盘

唐内库有一盘，色正黄，圜三尺，四周有物象。元和中偶用之，觉逐时物象变更，且如辰时花草间皆戏龙，转巳则为蛇，转午则成马矣。因号十二时盘。流传及朱梁犹在。

鱼英托镂椰子立壶

刘铢伪宫中有鱼英托镂椰子立壶四只，各受三斗。岭海人亦以为罕有。鱼英盖鱼脑骨，熁治之可以成器。

仙台秘府小中臼

郭从义营洛第，发池得一器，受五升余，体如绿玉，形正方，其中可用杵物，四角有蕃人坐，顶旁有篆文曰仙台秘府小中臼。按苏鹗《杜阳杂编》，仙台秘府乃武宗修和药饵之所。

神通盏

文宗属宦竖专横，动即掣肘，颇以酣饮为娱。嫔御之小户者厌患之，争赂内执事，则造黄金盏，以金莲荷菱芰为玦柬盘，其实中空，盏满，则可潜引入盘中。人初不知也，遂有神通盏、了事盘之号。

五位瓶

五位瓶，自同光至开运盛行。以银铜为之，高三尺，围八九寸，上下直如筒样，安嵌盖，其口有微洼处，可以倾酒。春日郊行，家家用之。

银棱木瓜胡样桶

段文昌微时，贫几不能自存。既贵，遂竭财奉身，晚年尤甚。以木瓜益脚膝，银棱木瓜胡样桶濯足。盖用木瓜树解合为桶也。

九曲杯

以螺为杯，亦无甚奇。惟薮穴极弯曲，则可以藏酒。有一螺能贮三盏许者，号九曲螺杯。

小海瓯

耀州陶匠创造一等平底深碗，状简古，号小海瓯。

抵鹊杯

抵鹊杯，房州刺史元自诚物也。类珉而色浅黄，夏月用浸桃李，虽无坚雪，而水与果俱冰齿。盛冬贮水，则竟不冻。

占景盘

郭江州有巧思，多创物。见遗占景盘，铜为之，花唇平底，深四寸许，底上出细筒殆数十，每用时，满添清水，择繁花插筒中，可留十余日不衰。

燕羽觞

江南中书厨宰相饮器有燕羽觞，似常杯而狭长，两边作羽形，涂以佳漆。云昔有宰相病目，恶五色耗明，凡器用类改令黑。

小三山

吴越孙总监承祐富倾霸朝，用千金市得石绿一块，天质嵯峨如山，命匠治为博山香炉峰，尖上作一暗窍，出烟一则聚，而且直穗凌空，实美观视。亲朋效之，呼小三山。

夜　　渚

溺曰房中弱水，见于道书。溺器曰夜渚，见于唐人文集。

盏中游妓

余家有鱼英酒盏，中嵌园林美女像，又尝以沉香水喷饭，入碗清馨。左散骑常侍黄霖曰："陶翰林甑里熏香，盏中游妓，非好事而何？"

水晶不落

白乐天《送春》诗云："银花不落从君劝。"不落，酒器也，乃屈卮凿落之类。开运宰相冯玉家有滑样水晶不落一只。

玉　太　古

李煜伪长秋周氏居柔仪殿，有主香宫女，其焚香之器，曰把子莲、三云凤、折腰狮子、小三神、卍字金、凤口罂、玉太古、容华鼎，凡数十种，金玉为之。

平　一　公

《博学记》云：度量衡，有虞所不敢废。《舜典》：同一度量衡。孔安国注谓丈尺斛斗斤两，今文其名曰平一公。尺度曰大展，斗量曰半昌王，又曰吉佃王，升曰夕十。遂知鸡林人亦解离合也。

光　明　夹

出行如居家，一物不可阙，阙则不便于我毕集焉。惟荷者罹其害，故须物物轻便。余取小薄镜，舍奁，糊纸左右，掩为镜室，白牌题曰光明夹。后撰远涉器具数十种，皆如光明夹。

乌舅金奴

江南烈祖素俭，寝殿烛不用脂蜡，灌以乌臼子油，但呼乌舅。案上捧烛铁人高尺五，云是杨氏时马厩中物。一日黄昏，急须烛，唤小黄门："掇过我金奴来。"左右窃相谓曰："乌舅金奴，正好作对。"

百　八　丸

和尚市语以念珠为百八丸。裴休见人执此则喜色可掬，曰："手中把诸佛窖子，未见有堕三涂者也。"

八　难　炉

有膏粱子弟上庄墅监获稻，天寒野迥，须附火，庄宾引往山坡守禾舍，拾杉枝燃之。舍乃屈竹所成，类比丘圆茨低密，烟不出，两目泪洒如啼。勃然走出，叫曰："入堕泪庵，拥八难炉，胜如吃十五大棒！"

还　元　竹

自纸行于世，简牍之制遂绝。予曾与所亲言，当取江湖大竹，火上出汗，候色变白，磨莹破之，阔半寸，长七寸，厚三分，两两胶固，面目在外，细线为绳三道编联，使卷舒快利。每片书字一行，密则倍，不欲人见者，加囊封。宜号还元竹。终以身未至南，但成漫语。

方　亭　侯

明皇因对宁王问："卿近日棋神威力何如？"王奏："臣凭托陛下圣神，庶或可取。"上喜，呼："将方亭侯来。"二宫人以玉界局进。遂与王对手。

方　便　囊

唐季王侯竞作方便囊，重锦为之，形如今之照袋。每出行，杂置衣巾篦鉴香药词册，颇为简快。

金头黄钢小品

针之为物，至微者也。问诸女流医工，则详言利病，如吾儒之用笔也。朱汤匠氏谙熟精好四方所推金头黄钢小品，医工用以砭刺者，大三分以制衣，小三分以作绣。

龙酥方丈小骊山

吴越外戚孙承祐奢僭异常，用龙脑煎酥制小样骊山，山水、屋室、人畜、林木、桥道，纤悉备具，近者毕工。承祐大喜，赠蜡装龙脑山子一座。其小骊山，中朝士君子见之，云围方丈许。

金刚炭

金刚炭，有司以进御炉，围径欲及盆口，自唐宋五代皆然。方烧造时，置式以受柴，稍劣者必退之。小炽一炉，可以终日。

珠龙九五鞍

刘𬬮自结珠龙九五鞍，献阙下，颇甚勤劳。

小摩尼数珠

汉隐帝之祸，手中犹持小摩尼数珠凡一百八枚，盖合浦珠也。郭允明劫去。

玉平脱双蒲萄镜

开运既私宠冯夫人，其事犹秘。会高祖御器用有玉平脱、双蒲萄镜，乃高祖所爱，帝初即位，举以赐冯，人咸讶之。未久，册为皇后。

仙音烛

同昌公主薨，帝伤悼不已，以仙音烛赐安国寺，冀追冥福。其状如高层露台，杂宝为之，花鸟皆玲珑。台上安烛既燃点，则玲珑者皆动，丁当清妙。烛尽绝响。莫测其理。

净君

商山馆中窗颊上有八句诗云："净君扫浮尘，凉友招清风。炎炎火云节，萧然一堂中。谁知鹿冠叟，心地如虚空。虚空亦莫问，睡起照青铜。”不知何人作。净君、凉友，是帚与扇明矣。

金泥五檐伞

晋少主北还，至孟津界一古寺，遗下所张紫罗伞，五层叠垛檐，仍泥金作盘花，但朱柄折耳。

薛丑刀

薛丑刀，圃里人善栽植，凡花穿接，无不冠绝，常持厚脊利刃芟洗繁秽，人遂名此样为薛丑刀。

碧金仙

有刁萧者，携一镜，色碧体莹，背有字曰“碧金仙”。大中元年十二月，铜坊长老白九峰造余，以俸粒五石换之，置于文瑞堂，呼为铜此君。

光音王

光叔之贤，会昌微忌之。帝因引照，戏令宫嫔离合镜字。须臾，以光音王奏。帝曰：“镜子封王耶?”帝不怿而罢。距宣宗即位止三四年。

骄龙杖

天师杜光庭骄龙杖，红如猩血，重若玉石，似非藤竹所为，相传是仙人留赐。

流星辇

蜀衍荒于游幸，乃造平底大车，下设四卧轴，每轴安五轮，凡二十轮。牵以骏马，骑去如飞，谓之流星辇。

巧先生

石守信掌库奴萧云，常博弈大北，夜开库私取钱币，怆惶失锁所在。云不敢明言，但云：“不见叉手铁龙。”有同类戏曰：“何不问巧先生求之?”意以锁口尚衔钥讥云焉。

眉　匠

篦诚琐缕物也,然丈夫整鬓,妇人作眉,舍此无以代之。余名之曰鬓师眉匠。

主风神

余游少室,经坛院,大暑疲苶,其徒以扇进,题曰:“经坛院主主风神。”而解事有可爱者。

黑金社

庐山白鹿洞,游士辐凑。每冬寒,醵金市乌薪为御冬备,号黑金社。十月旦日,命酒为毡炉会,盖御密窗家张置毯褥以是日始也。

星子炭

唐宣宗命方士作丹,饵之,病中热,不敢衣绵拥炉,冬月冷坐殿中。宫人以金盆置麸炭火少许进御,止暖手而已。禁闼因呼麸火为星子炭。

黑太阳

黑太阳法出自韦郇公家。用精炭捣治作末,研米煎粥捜和,得所豫办圆铁范,满内炭末,运铁面锤实击五七十下出范,阴干。范巨细若盏口,厚如两饼餤,盛寒炉中炽十数枚,烘燃彻夜。晋人兽炭,岂此类邪?

卢州大中正

焚香赖匙匕,室既密,炉既深,非运匕治灰,则浅深峻缓将焉托哉? 匕之为功审矣,命之曰卢州大中正。

齐肩大士

合浦有书生张奉世,贫苦,飘泊是邦,谄登有位之门,猎取酒肉为业。又能洪饮巨餐，未尝见其醉饫。一日酒半，士友各言其能，或私相谓曰："张君亦有艺也。彼日夕差使齐肩大士，功力如神。"闻者莫不大噱。盖谓运箸敏速，盘无留味也。

木 齿 丹

修养家谓梳为木齿丹。法用奴婢细意者执梳理发，无数日，愈多愈神。

高 密 侯

江南周则，少贱，以造雨伞为业。其后戚连椒阃，后主戏问之，言："臣急于米盐，日造二伞货之，惟霪雨连月，则道大亨。后生理微温，至于遭遇盛明，遂舍旧业。"后主曰："非我用卿而富贵，乃高密侯提携而起家也。"明年当封，特以为高密侯。实诮之耳。

漆 方 士

王丞相溥还政闲居，四方书牍答报皆手笔，然不过百字。目前事与亲党相闻，倦于纸札封叠，造赤漆小版书其上，仆吏以帊蒙传去，虽一时间，可发数十。公自为木笺，后复加频拒安抽面以启闭，字湿则能护之，故又有漆方士、漆雕开之名。

光 济 叟

同光年，高丽行人至，副使春部少卿上柱国朴喦叟，文雅如中朝贤士。既行，吏扫除其馆舍，得余烛半梃，其末红印篆文曰"光济叟"，盖以命烛也。

铁 了 事

杜岐公悰，以剜耳匙子为铁了事。见悰败藁有云悰封邠国公，恐非岐字。

火 寸

夜中有急，苦于作灯之缓，有智者批杉条染硫黄，置之待用。一与火遇，得焰穗然。既神之，呼引光奴。今遂有货者，易名火寸。

二 仪 刀

上饶葛溪铁精而工细，余中表以剪刀二柄遗赠，皆交股屈环，遇物如风，经年不营。一上有凿字曰“二仪刀”。

惺惺二十一

博徒隐语，以骰子为惺惺二十一。又曰象六，谓六只成副。

文 用

月 团

徐铉兄弟工翰染，崇饰书具，尝出一月团墨，曰：“此价值三万。”

藏锋都尉

蜀多文妇，亦风土所致。元微之素闻薛涛名，因奉使使见焉。微之矜持笔砚，涛走笔作《四友赞》，其略曰：“磨润色先生之腹，濡藏锋都尉之头。引书媒而黯黯，入文亩以休休。”微之惊服。传记止载“菖蒲花发五云高”之句而遗此，故录之。

璧 友

余家世宝一砚，不知何在。形正圆，腹作两池，底分三鱼口以承之，紫润可爱。背阴有字云“璧友”，铭云：“华先生制，天受玉质，研磨百为，夫惟岁寒，非友而谁？”似是唐物。

定 名 笔

唐世举子将入场，嗜利者争卖健豪圆锋笔，其价十倍，号定名笔。笔工每卖一枝，则录姓名，俟其荣捷，则诣门求阿堵，俗呼谢笔。

剡溪小等月面松纹纸

先君蓄白乐天墨迹两幅，背之右角有方长小黄印，文曰："剡溪小等月面松纹纸，臣彦古等上。"彦古得非守臣之名乎？

五 剑 堂

范丞相质一墨，表曰五剑堂造，里曰天关第一煤。下有"臣"字而磨灭其名。究其所来，实辽东物也。

雪 方 池

和鲁公有白方砚，通明无纤翳，得之于峨嵋比丘公，自题砚室曰雪方池。

金 棱 玉 海

武昌节度掌书记周彬公，余同僚。一砚四围有少金纹如陷制者，处士方为献诗曰："金棱玉海比连城，假借文章取盛名。"

仙 翁 砚

南昌陈省躬好砚成癖，晚得一枚，腹有四眼，徐铉名之方相石。省躬以近凶不用，自号为仙翁砚，盖取道家四目老翁之说。

小 金 城

小金城，命者徐阐之砚，体纯紫而截腰有绿纹，如城之女墙，是以得名。

四镮鼓砚

宣城裁衣肆用一石镇，紫而润。予以谓堪为砚材，买之，琢为四镮鼓砚，缀以白玉环，方圆逾一尺。

发光地菩萨

舒雅才韵不在人下，以戏狎得韩熙载之心。一日，得海螺甚奇，宜用滑纸，以简献于熙载，云："海中有无心斑道人，往诣门下。若书材糙涩逆意，可使道人训之，即证发光地菩萨。"熙载喜受之。发光地，十地之一也，出华严书。

畦宗郎君

欧阳通善书，修饰文具，其家藏遗物尚多，皆就刻名号，研室曰紫方馆金荿盛，研滴曰金小相，镇纸曰套子龟、熏陆香魁。小连城、王毡。千钧史，水莹铁眠儿。界尺曰由准氏，芒笔曰畦宗郎君，夹槽曰半身龙。

三灾石

萧颖士文爽兼人，而矜躁为甚。尝至仓曹李韶家，见歙砚颇良，既退，语同行者："君识此砚乎？盖三灾石也。"同行不喻而问之，曰："字札不奇，研一灾；文辞不优，研二灾；窗几狼籍，研三灾。"同行者敛眉颔之。

宝帚

伪唐宜春王从谦喜书札，学晋二王楷法，用宣城诸葛笔一枝，酬以十金，劲妙甲当时，号为翘轩宝帚，士人往往呼为宝帚。

副墨子

蜀人景焕，博雅士也。志尚静隐，卜筑玉垒山，茅堂花榭，足以自娱。尝得墨材甚精，止造五十团，曰："以此终身。"墨印文曰"香璧"，阴篆曰"副墨子"。

麝香月

韩熙载留心翰墨，四方胶煤多不合意，延歙匠朱逢于书馆旁烧墨供用，命其所曰化松堂。墨又曰玄中子，又自名麝香月，匣而宝之。熙载死，妓妾携去，了无存者。

卵品

建中元年，日本使真人兴能来朝，善书札，有译者乞得章草两幅，皆《文选》中诗。沙苑杨履，显德中为翰林编排官，言译者乃远祖，出两幅示余，笔法有晋人标韵。纸两幅，一云女儿青微绀，一云卵品，晃白滑如镜面，笔至上多褪，非善书者不敢用。意惟鸡林纸似可比肩。

宝相枝

开元二年，赐宰相张文蔚、杨涉、薛贻宝相枝各二十，龙鳞月砚各一。宝相枝，斑竹笔管也，花点匀密，纹如兔毫。鳞，石纹似之；月，砚形象之，歙产也。

字厄

蔡邕非纨素不下笔，书篆老贼，古奸太多，魏晋人墨迹，类是第一等。楮先生可谓自重。今人不择纸而书，已纳败阙；更有用故纸者，字之大厄也。

尺二冤家

少师杨凝式，书画独步一时。求字者纸轴堆叠若垣壁，少师见则浩叹曰："无奈许多债主，真尺二冤家也。"少时怪阎立本戒子弟勿习丹青，年长以来，始觉以能为累。

治书奴

裁刀治书参差之不齐者，在笔墨砚纸间盖似奴隶职也，却似有大功于书。且虽四子精绝，标界停直，字札楷稳，而边幅无状，不截而整之末可也。表饰面目者，缮写人助之者，四子成之者，刀如此品等然后为正。余为裁刀争功，儿戏之甚，都缘无事，日月长故耳。

退　锋　郎

赵光逢薄游襄汉，濯足溪上，见一方砖类碑，上题字云："秃友退锋郎，功成鬓发伤。冢头封马鬣，不敢负恩光。独孤贞节立。"砖后积土如盎，微有苔藓，盖好事者瘗笔所在。

化　化　笺

记未冠时游龙门山寺，欲留诗，求纸，僧以皱纸进。余题大字曰："化化笺。"还之。僧惭惧，躬揖请其故，答曰："纸之粗恶，则供溷材，一化也。丐徒取诸圊厕，积之家匠，买别抄麸面店肆，收苞果药，遂成此纸，二化也。故曰化化笺。备杂用可也，载字画不可也。举以与人，不可之甚。汝秃士不通世故，放过三十拄杖，亦知感幸否乎?"今年履风波，豪气挫灭，不能为是事矣。

鄱　阳　白

先君子蓄纸百幅，长如一匹绢，光紧厚白，谓之鄱阳白。问饶人，云："本地无此物也。"

砑　光　小　本

姚顗子侄善造五色笺，光紧精华。砑纸版乃沉香，刻山水林木，折枝花果，狮凤虫鱼，寿星八仙，钟鼎文，幅幅不同，文缕奇细，号砑光小本。余尝询其诀，顗侄云："妙处与作墨同，用胶有工拙耳。"

武　器

玉　柄　龙

朔方裨将，其父尝梦朱衣黑帻人曰："吾开阳长史，天命以玉柄龙授君，若遇橐籥翁，宜付之。”后汾阳王诞日，部曲竞献珍异，裨将以父所宝玉柄龙奉之，意汾阳即翁也。得梦六日买是剑，既藏四年归汾阳。

护圣将军

贞明末，帝夜于寝间擒刺客，乃康王友孜所遣。帝自戮之，造云母匣贮所用剑，名匣曰护圣将军之馆。

坚利侯

安禄山得飞刚宝剑，欲奏上，乞封剑为坚利侯。僚属以无此例，力止之。

风流箭

宝历中，帝造纸箭竹皮弓，纸间密贮龙麝末香。每宫嫔群聚，帝躬射之，中者浓香触体，了无痛楚。宫中名风流箭，为之语曰：“风流箭中的人人愿。”

一丈威

隋炀帝将征辽，将军麦铁杖见帝，慷慨誓死捍敌，帝赐御副枪一丈威。

托地仙

枪材难得十全。魏州石屋林多有之。杨师厚时赐枪效节军皆采于此。团典所用，多是绝品。圣龙筋馀军不过四五等，托地仙、长腰奴、范阳娇、金梢袅儿是也。更有风火枝、圣蚰蜓，颇曲弱，军中不取。

小逡巡

王建初起，军中隐语代器械之名，以犯者为不祥，至孟氏时犹有能道其略者。剑曰夺命龙，刀曰小逡巡，枪曰肩二，斧曰铁糕糜，甲曰千斤使，弓曰潘尚书，弩曰百步王，箭曰飞郎，鼓曰圣牛儿，锣曰响八，旗曰愁眉锦，铁蒺藜曰冷尖。

十二机弩

宣武厅子都尤勇悍，其弩张一大机，则十二小机皆发，用连珠大箭，无远不及，晋人极畏此。文士戏呼为急龙车。

火龙标

梁祖自初起，每令左右持大赤旗，缓急之际，用以挥军，祖自目为火龙标。

玉鞯儿腰品

唐剑具稍短，常施于胁下者名腰品。陇西人韦景珍有四方志，呼卢酣酒，衣玉篆袍，佩玉鞯儿腰品，修饰若神人。李太白尝识之，见《感寓》诗云："玉剑谁家子？西秦豪侠儿。"谓景珍也。

金翅将军

葛从周有水莹铁甲，十年不磨治，亦若镜面，遇贼战不利，甲必前昏，事已还复。从周常以候克衄，其验若神。日以香酒奉之，设次于中寝，曰金翅将军之位。

酒浆

太平君子

穆宗临芳殿赏樱桃，进西凉州蒲萄酒。帝曰："饮此顿觉四体融和，真太平君子也。"

天禄大夫

王世充僭号，谓群臣曰："朕万几繁壅，所以辅朕和气者，唯酒功耳。宜封天禄大夫，永赖醇德。"

鱼 儿 酒

裴晋公盛冬常以鱼儿酒饮客。其法用龙脑凝结，刻成小鱼形状，每用沸酒一盏，投一鱼其中。

含 春 王

唐末，冯翊城外酒家门额书云："飞空却回顾，谢此含春王。"于"王"字末大书"酒也"，字体散逸，非世俗书。人谓是吕洞宾题。

天 公 匙

马怀真，蒲中进士也。有异术。一日，召十数客，面前一方台，台上有一小铜盘，盘中一黑匙。于是以匙次第置客口中，皆觉有酒一杯许入喉。又以盘向人倾之，满口是羊，次鱼，次鸡。一坐皆同。怀真偶起，人视题目有文曰"天公匙"，盘底曰"如意盘"。有戏假之者，曰："但恐耍龙儿不肯奉借。"

甘 露 经

汝阳王琎家有酒，法号甘露经。四方风俗，诸家材料，莫不备具。

玉 浮 梁

旧闻李太白好饮玉浮梁，不知其果何物。余得吴婢，使酿酒，因促其功，答曰："尚未熟，但浮梁耳。"试取一盏至，则浮蛆酒脂也。乃悟太白所饮盖此耳。

快 活 汤

当涂一种酒曲，皆发散药，见风即消，既不久醉，又无肠腹滞之患，人号曰快活汤，士大夫呼君子觞。

林 虑 浆

后唐时，高丽遣其广评侍郎韩申一来。申一通书史，临回召对便殿,出新贡林虑浆面赐之。

觥筹狱

荆南节判单天粹,宜城人。性耽酒,日延亲朋,强以巨杯,多致狼狈。然人以其德善,亦喜从之。时戏语曰:“单家酒筵,乃觥筹狱也。”

杂瑞样

酒不可杂饮,饮之,虽善酒者亦醉,盖生取煮炼之殊,官法私方之异,饮家之所深忌。宛叶书生胡适,冬至日延客,以诸家群遗之酒为具。席半,客恐,私相告戒,适疑而问之,一人曰:“某惧君家百氏浆。”次曰:“所畏者杂瑞样耳。”

曲世界

河阳释法常,性英爽,酷嗜酒,无寒暑风雨。常醉,醉即熟寝,觉即朗吟曰:“优游曲世界,烂漫枕神仙。”尝谓同志云:“酒天虚无,酒地绵邈,酒国安恬,无君臣贵贱之拘,无财利之图,无刑罚之避,陶陶焉,荡荡焉,其乐可得而量也。转而入于飞蝶都,则又蒙腾浩渺而不思觉也。”

丑未觞

余开运中赐丑未觞,法用雍酥栈羊筒子髓置醇酒中,暖消而后饮。

瓷宫集大成

雍都,酒海也。梁奉常和泉病于甘,刘拾遗玉露春病于辛,皇甫别驾庆云春病于酽,光禄大夫致仕韦炳取三家酒搅合澄窨饮之,遂为雍都第一名,瓷宫集大成。瓷宫谓耀州青榼。

祸泉

置之瓶中,酒也。酌于杯,注于肠,善恶喜怒交矣,祸福得失岐矣。倘夫性昏志乱，胆胀身狂，平日不敢为者为之，平日不容为者为之，言腾烟焰，事堕阱机，是岂圣人贤人乎？一言蔽之曰："祸泉而已。"

瓶 盏 病

嗜饮者，无早晚，无寒暑。乐固醉，愁亦如之。闲固醉，忙亦如之。肴核有无，醪醴善否，一不问。典当抽那，借贷赊荷，一不恤。日必饮，饮必醉，醉不厌，贫不悔。俗号瓶盏病。遍揭《本草》，细检《素问》，只无此一种药。

茗 荈

十 六 汤

苏廙《仙芽传》第九卷载作汤十六法，以谓汤者茶之司命，若名茶而滥汤，则与凡末同调矣。煎以老嫩，言者凡三品；自第一至第三。注以缓急，言者凡三品；自第四至第六。以器标者共五品；自第七至十一。以薪论者共五品。自第十二至十六。

第一得一汤

火绩已储，水性乃尽。如斗中米，如称上鱼。高低适平，无过不及为度，盖一而不偏杂者也。天得一以清，地得一以宁，汤得一可建汤勋。

第二婴汤

薪火方交，水釜才炽，急取旋倾，若婴儿之未孩欲责以壮夫之事，难矣哉！

第三百寿汤一名白发汤。

人过百息，水逾十沸，或以话阻，或以事废，始取用之，汤已失性矣。敢问皤鬓苍颜之大老,还可执弓挟矢以取中乎?还可雄登阔步以迈远乎?

第四中汤

亦见夫鼓琴者也,声合中则意妙。亦见磨墨者也,力合中则色浓。声有缓急则琴亡,力有缓急则墨丧,注汤有缓急则茶败。欲汤之中,臂任其责。

第五断脉汤

茶已就膏,宜以造化成其形。若手颤臂亸,惟恐其深瓶觜之端,若存若忘,汤不顺通,故茶不匀粹,是犹人之百脉气血断续,欲寿奚苟,恶毙宜逃。

第六大壮汤

力士之把针,耕夫之握管,所以不能成功者,伤于粗也。且一瓯之茗,多不二钱,茗盏量合,宜下汤不过六分,万一快泻而深积之,茶安在哉?

第七富贵汤

以金银为汤器,惟富贵者具焉,所以策功建汤业,贫贱者有不能遂也。汤器之不可舍金银,犹琴之不可舍桐,墨之不可舍胶。

第八秀碧汤

石凝结天地秀气而赋形者也,琢以为器,秀犹在焉,其汤不良,未之有也。

第九压一汤

贵欠金银,贱恶铜铁,则瓷瓶有足取焉,幽士逸夫,品色尤宜,岂不为瓶中之压一乎?然勿与夸珍炫豪臭公子道。

第十缠口汤

猥人俗辈，炼水之器岂暇深择？铜铁铅锡，取热而已。夫是汤也，腥苦且涩，饮之逾时，恶气缠口而不得去。

第十一减价汤

无油之瓦，渗水而有土气，虽御胯宸缄，且将败德销声。谚曰："茶瓶用瓦，如乘折脚骏登高。"好事者幸志之。

第十二法律汤

凡木可以煮汤，不独炭也。惟沃茶之汤，非炭不可。在茶家亦有法律：水忌停，薪忌熏。犯律逾法，汤乖则茶殆矣。

第十三一面汤

或柴中之麸火，或焚馀之虚炭，木体虽尽而性且浮，性浮则汤有终嫩之嫌。炭则不然，实汤之友。

第十四宵人汤

茶本灵草，触之则败。粪火虽热，恶性未尽，作汤泛茶，减耗香味。

第十五贼汤一名贱汤。

竹篆树梢，风日干之，燃鼎附瓶，颇甚快意。然体性虚薄，无中和之气，为茶之残贼也。

第十六魔汤

调茶在汤之淑慝，而汤最恶烟。燃柴一枝，浓烟蔽室，又安有汤邪？苟用此汤，又安有茶耶？所以为大魔。

龙陂山子茶

开宝中，窦仪以新茶饮余，味极美，奁面标云“龙陂山子茶”。龙陂是顾渚之别境。

圣杨花

吴僧梵川誓愿燃顶供养双林傅大士，自往蒙顶结庵种茶，凡三年，味方全美，得绝佳者圣杨花、吉祥蕊共不逾五斤，持归供献。

汤社

和凝在朝率同列递日以茶相饮，味劣者有罚，号为汤社。

缕金耐重儿

有得建州茶膏，取作耐重儿八枚，胶以金缕，献于闽王曦，遇通文之祸，为内侍所盗，转遗贵臣。

乳妖

吴僧文了善烹茶。游荆南，高保勉白子季兴，延置紫云庵，日试其艺。保勉父子呼为汤神，奏授华定水大师上人，目曰乳妖。

清人树

伪闽甘露堂前两株茶郁茂婆娑，宫人呼为清人树。每春初，嫔嫱戏摘新芽，堂中设倾筐会。

玉蝉膏

显德初，大理徐恪见贻卿信铤子茶，茶面印文曰玉蝉膏，一种曰清风使。恪，建人也。

森伯

汤悦有《森伯颂》，盖茶也。方饮而森然严乎齿牙，既久，四肢森然。二义一名，非熟夫汤瓯境界，谁能目之？

水豹囊

豹革为囊，风神呼吸之具也。煮茶啜之，可以涤滞思而起清风。每引此义，称茶为水豹囊。

不夜侯

胡峤《飞龙磵饮茶》诗曰："沾牙旧姓馀甘氏，破睡当封不夜侯。"新奇哉！峤宿学，雄材未达，为耶律德光所虏北去，后间道复归。

鸡苏佛

犹子彝年十二岁，予读胡峤茶诗，爱其新奇，因令效法之，近晚成篇，有云："生凉好唤鸡苏佛，回味宜称橄榄仙。"然彝亦文词之有基址者也。

冷面草

符昭远不喜茶。尝为御史，同列会茶，叹曰："此物面目严冷，了无和美之态，可谓冷面草也。"饭余，嚼佛眼芎，以甘菊汤送之，亦可爽神。

晚甘侯

孙樵《送茶与焦刑部书》云："晚甘侯十五人，遣侍斋阁。此徒皆请雷而摘，拜水而和，盖建阳丹山碧水之乡，月涧云龛之品，慎勿贱用之。"

生成盏

馔茶而幻出物象于汤面者，茶匠通神之艺也。沙门福全生于金乡，长于茶海，能注汤幻茶成一句诗，并点四瓯共一绝句，泛乎汤表，小小物类，唾手办耳。檀越日造门求观汤戏，全自咏曰："生成盏里水丹青，巧画工夫学不成。却笑当时陆鸿渐，煎茶赢得好名声。"

茶百戏

茶至唐始盛，近世有下汤运匕，别施妙诀，使汤纹水脉成物象者。禽兽虫鱼花草之属，纤巧如画，但须臾即就散灭。此茶之变也，时人谓之茶百戏。

漏影春

漏影春，法用镂纸贴盏，糁茶而去纸，伪为花身，别以荔肉为叶，松实鸭脚之类珍物为蕊，沸汤点搅。

甘草癖

宣城何子华邀客于剖金堂，庆新橙。酒半，出嘉阳严峻画陆鸿渐像，子华因言："前世惑骏逸者为马癖，泥贯索者为钱癖，耽于子息者为誉儿癖，耽于褒贬者为《左传》癖。若此叟者，溺于茗事，将何以名其癖？"杨粹仲曰："茶至珍，盖未离乎草也。草中之甘，无出茶上者，宜追目陆氏为甘草癖。"坐客曰："允矣哉！"

苦口师

皮光业最耽茗事。一日，中表请尝新柑，筵具殊丰，簪绂丛集。才至，未顾尊罍而呼茶甚急，径进一巨瓯，题诗曰："未见甘心氏，先迎苦口师。"众噱曰："此师固清高，而难以疗饥也。"

馔羞

无心炙

段成式驰猎，饥甚，叩村家主人。老姥出彘臛，五味不具。成式食之，有余五鼎，曰："老姥初不加意，而殊美如此。"常令庖人具此品，因呼无心炙。

莲花饼馅

郭进家能作莲花饼馅，有十五隔者，每隔有一折枝莲花，作十五色。自云周世宗有故宫婢流落，因受顾于家，婢言宫中人号蕊押班。

缕子脍

广陵法曹宋龟造缕子脍，其法用鲫鱼肉鲤鱼子，以碧筒或菊苗为胎骨。

自然羹

蜀中有一道人卖自然羹，人试买之，碗中二鱼，鳞鬣肠胃皆在鳞上，有黑纹如一圆月，汁如淡水。食者旋剔去鳞肠，其味香美。有问："鱼上何故有月？"道人从碗中倾出，皆是荔枝仁，初未尝有鱼并汁，笑而急走，回顾云："蓬莱月也不识。"明年时疫，食羹人皆免。道人不复再见。

赤明香

赤明香，世传仇士良家脯名也。轻薄甘香，殷红浮脆，后世莫及。

玲珑牡丹鲊

吴越有一种玲珑牡丹鲊，以鱼叶斗成牡丹状，既熟，出盎中，微红如初开牡丹。

五福饼

汤悦逢士人于驿舍。士人揖食，其中一物是炉饼，各五事，细味之，馅料互不同。以问士人，叹曰："此五福饼也。"

辋川小样

比丘尼梵正庖制精巧，用鲊臛脍脯醢酱瓜蔬，黄赤杂色，斗成景物。若坐及二十人，则人装一景，合成《辋川图》小样。

逍遥炙

睿宗闻金仙玉真公主饮素，日令以九龙食舆装逍遥炙赐之。

单笼金乳酥

韦巨源拜尚书令，上烧尾食。其家故书中尚有食账，今择奇异者略记。

单笼金乳酥是饼，但用独隔通笼，欲气隔。 曼陀样夹饼公厅炉。 巨胜奴酥蜜寒具。 婆罗门轻高面笼蒸。 贵妃红加味红酥。 七返膏七卷作四花，恐是糕子。 金铃炙酥揽印脂取真。 御黄王母饭遍缕印脂，盖饭面装杂味。 通花软牛肠胎用羊膏髓。 光明虾炙生虾则可用。 生进二十四气馄饨花形馅料各异，凡二十四种。 生进鸭花汤饼厨典入内下汤。 同心生结脯先结后风干。 见风消油浴饼。 金银夹花平截剔蟹细碎卷。 火焰盏口䭔上言花，下言体。 冷蟾儿羹冷蛤蜊。 唐安餤斗花。 水晶龙凤糕枣米蒸破，见花乃进。 双拌方破饼饼料花角。 玉露团雕酥。 汉宫棋钱能印花煮。 长生粥进料。 天花饆饠九炼香。 赐绯含香粽子蜜淋。 甜雪蜜爁太例面。 八方寒食饼用木范。 素蒸音声部面蒸象蓬莱仙人，凡七十字。 白龙臛治鳜肉。 金粟平䭔鱼子。 凤凰胎杂治鱼白。 羊皮花丝长及尺。 逡巡酱鱼羊体。 乳酿鱼完进。 丁子香淋脍醋别。 葱醋鸡入笼。 吴兴连带鲊不发缸。 西江料蒸彘肩屑。 红羊枝杖蹄上裁一羊，得四事。 升平炙治羊鹿舌拌三百数。 八仙盘剔鹅作八副。 雪婴儿治蛙豆荚贴。 仙人脔乳瀹鸡。 小天酥鹿鸡糁拌。 分装蒸腊熊存白。 卯羹纯兔。 青凉臛碎封狸肉夹脂。 箸头春炙活鹑子。 暖寒花酿驴蒸耿烂。 水炼犊炙尽火力。 五生盘羊兔牛熊鹿并细治。 格食羊肉肠脏缠豆荚各别。 过门香薄治群物入沸油烹。 缠花云梦肉卷镇。 红罗饤膋血。 遍地锦装鳖羊脂鸭卵脂副。 蕃体间缕宝相肝盘七升。 汤浴绣丸肉糜治隐卵花。

谢讽《食经》中略抄五十三种：

北齐武威王生羊脍　细供没忽羊羹　急成小餤飞鸾脍　咄

嗟脍　剔缕鸡　爽酒十样卷生　龙须炙　千金碎香饼子　花折鹅糕　修羊宝卷　交加鸭脂　君子饤　越国公碎金饭　雲头对炉饼　剪雲析鱼羹　虞公断醒酢　鱼羊仙料　紫龙糕　十二香点臛　春香泛汤　滑饼　象牙鎚　汤装浮萍面　金装韭黄艾炙　白消熊　恬乳花面英　加料盐花鱼屑　专门脍　拖刀羊皮雅脍　折箸羹　香翠鹑羹　朱衣餤　千日酱　露浆山子羊蒸　加乳腐　天孙脍　添酥冷白寒具　金丸玉菜臛鳖　暗装笼味　高细浮动羊　乾坤奕饼　乾炙满天星　含浆饼　撮高巧装坛样饼　杨花泛汤糁饼　天真羊脍　鱼脍永加王特封　烙羊成美公　无忧腊　藏蟹含春侯二名如上注。　新治月华饭　连珠起肉

缕金龙凤蟹

炀帝幸江都，吴中贡糟蟹、糖蟹。每进御，则上旋洁拭殻面，以金缕龙凤花云贴其上。

消灾饼

僖宗幸蜀，乏食。有宫人出方巾所包面半升许，会村人献酒一偏提，用酒溲面煿饼以进，嫔嫱泣奉曰："此消灾饼，乞强进半枚。"

滹沱饭

光武在滹沱，有公孙豆粥之荐。至今西北州县有号粥为滹沱饭。

学士羹

窦俨尝病目，几丧明，得良医愈之，劝令频食羊眼。俨遂终身食之。其家名双晕羹，世人有呼为学士羹者。

道场羹

江南仰山善作道场羹，脯面蔬笋，非一物也。

清　风　饭

宝历元年，内出清风饭。制度：赐御庖令造进。法用水晶饭、龙睛粉、龙脑末、牛酪浆，调事毕，入金提缸，垂下冰池，待其冷透供进。惟大暑方作。

法　乳　汤

明宗在藩，不妄费。尝召幕属论事，各设法乳汤半盏，盖罂中粟所煎者。

同　阿　饼

天成中，帝令作同阿饼。法用碎肉与面搜和如臂，刀截，每只二寸厚，蒸之。

转　身　米

贵有力者治饭材，舂捣簸汰，但中心一颗存焉。俗谓之转身米。

双　弓　米

单公洁，阳翟人。耻言贫。尝有所亲访之，留食馕，惭于正名，但云："啜少许双弓。"

麦　穗　生

吴门萧琏，仕至太常博士。家习庖馔，慕虞悰、谢讽之为人，作卷子生，止用肥羜包卷成云样然，美观而已。别作散饤麦穗生，滋味殊冠。

邹平公食宪章

段文昌丞相尤精馔事，第中庖所榜曰炼珍堂，在涂号行珍馆。家有老婢，掌修脔之法，指授女仆。老婢名膳祖，四十年阅百婢，独九者可嗣法。文昌自编《食经》五十卷，时称邹平公食宪章。

寒 消 粉

张弥守镇江，一日会客，作加酥油光酒及酥夹生。副戎许鼐，苍梧人，不谙北馔，甚嗜之。他时再聚，忽问："前日盛馔，有入口寒而消者，尚可得否？"弥给之曰："此名龙髓膏，金牛国所贡，闻用寒消粉煎成，宁可复得？"众客无不绝倒。

回 汤 武 库

腊日家宴作腊，四方用种种轻细不拘名品治之，如大豆加以汤液滋味。盖时人以为节馔，遂与老室儿女辈举饮食中以杂味为之者，间记于册。季冬，既大寒，可以停食物。家家多方鸠集羊豕牛鹿兔鸽鱼鹅百珍之众，预期十日而办造，至正旦日方成，以品目多者为上。用制汤饼盛筵而荐之，名回汤武库。大概秦陇盛行。

社 零 星

予偶以农干至庄墅，适秋社，庄丁皆戏社零星，盖用猪羊鸡鸭粉面蔬米为羹。

辣 骄 羊

和鲁公尝以春社遗节馔，用奁，惟一新样大方碗覆以剪镂蜡春罗，碗内品物不知其几种也。物十而饭二焉，禁庭社日为之，名辣骄羊。

剥 皮 丹

唐末，天降奇祸，兵革遍海内，时多饥俭。秦宗权破巢魁于汝城，遂为节度使。满目荆榛，强名曰藩府，粒食价逾金璧。通衢有饭肆偶开，榜诸门曰："货剥皮丹，每服只卖三千。"服以碗言也。彼时之民，与犬豕何以异？

玉尖面

赵宗儒在翰林时，闻中使言："今日早馔玉尖面，用消熊栈鹿为内馅，上甚嗜之。"问其形制，盖人间出尖馒头也。又问消之说，曰："熊之极肥者，曰消。鹿以倍料精养者，曰栈。"

十远羹

石耳、石发、石线、海紫菜、鹿角脂菜、天花蕈、沙鱼、海鳔白、石决明、虾魁脂，右用鸡羊鹑汁及决明虾蕈浸渍，自然水澄清，与三汁相和，盐酎庄严多汁为良。十品不足，听阙，忌入别物，恐伦类杂则风韵去矣。

小四海

孙承祐在浙右，尝馔客，指其盘筵曰："今日坐中，南之蝤蛑，北之红羊，东之鰕鱼，西之粟，无不毕备，可谓富有小四海矣。"

雁棖

富家出游，运致馔具，皆用髹棖，蒙以紫碧重檐罩衣，两人舁之。其行列之盛，有若雁行，旁观号为雁棖。

八珍主人

酱，八珍主人也。醋，食总管也。反是为：恶酱为厨司大耗，恶醋为小耗。

张手美家

阊阖门外通衢有食肆，人呼为张手美家。水产陆贩，随需而供，每节则专卖一物，遍京辐凑，号曰浇店。偶记其名，播告四方事口腹者。

元阳脔元日。　油画明珠上元油饭。　六一菜人日。　涅盘兜二月十五。　手里行厨上巳。　冬凌粥寒食。　指天馂馅四月八。　如意圆重午。 绿荷包子伏日。 辣鸡脔二社饭。 摩睺罗饭七夕。 玩月羹中秋。 盂兰饼馅中元。 米锦重九糕。 宜盘冬至。 萱草面腊日。 法王料斗腊八。

酒骨糟

孟蜀尚食掌《食典》一百卷,有赐绯羊,其法以红曲煮肉,紧卷石镇,深入酒骨淹透,切如纸薄,乃进。注云酒骨糟也。

建康七妙

金陵士大夫渊薮,家家事鼎铛,有七妙:齑可照面,馄饨汤可注砚,饼可映字,饭可打擦擦台,湿面可穿结,带饼可作劝盏,寒具嚼著惊动十里人。

糟云

释鉴兴《天台山居颂》:"汤玉入瓯,糟云上箸。"谓汤饼莹滑,糟姜岐秀焉耳。

花糕员外

皇建僧舍旁有糕坊,主人由此入赀为员外官,盖显德中也。都人呼花糕员外。因取糕目录笺之。

满天星金米。 糁拌夹枣豆。 金糕糜员外糁外有花。 花截肚内有花。 大小虹桥晕子。 木蜜金毛面枣狮子也。

王羹亥卯未相粥白玄黄

魏王继岌每荐羹,以羊兔猪脔而参之。时卢澄为平章事趋朝,待漏堂厨具小馔,澄惟进粥,其品曰粟粥、乳粥、豆沙加糖粥,三种并供,澄各取少许,并和而食。厨官遂有"王羹亥卯未,相粥白玄黄"之语。

玉杵羹金绵鲊

吴淑《冬日招客》诗云:"晓羹沉玉杵,寒鲊叠金绵。"杵谓小截山葴，绵乃黄雀脂膏。

于阗法全蒸羊

于阗法全蒸羊，广顺中尚食取法为之。西施捧心，学者愈丑。

薰　　燎

龙脑著色小儿

以龙脑为佛像者有矣，未见著色者也。汴都龙兴寺惠乘宝一龙脑小儿，雕制巧妙，彩绘可人。

刀圭第一香

昭宗尝赐崔胤香一，黄绫角约二两，御题曰刀圭第一香。酷烈清妙，虽焚豆大，亦终日旖旎。盖成通所制，赐同昌公主者。

饣乞　饣达　香

江南山谷间有一种奇木，曰麝香树。其老根焚之亦清烈，号饣乞饣达香。

灵　芳　国

后唐龙辉殿，安假山水一：铺沉香为山阜，蔷薇水苏合油为江池，零藿丁香为林树，薰陆为城郭，黄紫檀为屋宇，白檀为人物。方围一丈三尺，城门小牌曰灵芳国。或云平蜀得之者。

曲　水　香

用香末布篆文木范中，急覆之，是为曲水香。

旖　旎　山

高丽舶主王大世选沉水近千斤，叠为旖旎山，象衡岳七十二峰。

钱仅许黄金五百两，竟不售。

斗 香

中宗朝，宗纪韦武间为雅会，各携名香，比试优劣，名曰斗香。惟韦温挟椒涂所赐，常获魁。

平 等 香

清泰中，荆南有僧货平等香，贫富不二价。不见市香和合，疑其仙者。

鹧 鸪 沉 界 尺

沉水带斑点者，名鹧鸪沉。华山道士苏志恬偶获尺许，修为界尺。

香 燕

李璟保大七年，召大臣宗室赴内，香燕凡中国外夷所出，以至和合煎饮，佩带粉囊，共九十二种。江南素所无也。

鹰 觜 香

番禺牙侩徐审与舶主何吉罗洽密，不忍分判，临岐出如鸟嘴尖者三枚，赠审曰："此鹰觜香也，价不可言。当时疫，于中夜焚一颗则举家无恙。"后八年，番禺大疫，审焚香，阖门独免。余者供事之，呼为吉罗香。

沉 香 甑

有贾至林邑，舍一翁姥家，日食其饭，浓香满室。贾亦不喻。偶见甑，则沉香所剜也。

山 水 香

道士谭紫霄，有异术，闽王昶奉之为师，月给山水香焚之。香用精沉，上火半炽则沃以苏合油。

伴 月 香

徐铉或遇月夜，露坐中庭，但爇佳香一炷。其所亲私，别号伴月香。

雪 香 扇

孟昶夏月水调龙脑末涂白扇上，用以挥风。一夜，与花蕊夫人登楼望月，误堕其扇，为人所得。外有效者，名雪香扇。

沉香似芬陀利华

显德末，进士贾颙于九仙山遇靖长官，行若奔马。知其异，拜而求道，取箧中所遗沉水香焚之。靖曰："此香全类斜光下等六天所种芬陀利华。汝有道骨，而俗缘未尽。"因授炼仙丹一粒，以柏子为粮，迄今尚健。

三 匀 煎去声

长安宋清，以鬻药致富。尝以香剂遗中朝簪绅，题识器曰三匀煎。焚之富贵清妙。其法止龙脑、麝末、精沉等耳。

夺 真 盘 饤

显德元年，周祖创造供荐之物。世宗以外姓继统，凡百务从崇厚，灵前看果，雕香为之，承以黄金，起突叠格，禁中谓之夺真盘饤。

乞 儿 香

林邑、占城、阇婆、交趾，以杂出异香剂和而范之，气韵不凡，谓中国三匀四绝为乞儿香。

庄 严 饼 子

长安大兴善寺徐理男、楚琳，平生留神香事。庄严饼子，供佛之品也；峭儿，延宾之用也；旖旎丸，自奉之等也。檀那概之曰琳和尚品字香。

六尺雪檀

南夷香槎到文登，尽以易匹物。同光中有舶上檀香，色正白，号雪檀，长六尺，地人买为僧坊刹竿。

握君

僧继颙住五台山，手执香如意，紫檀镂成，芬馨满室。继元时在潜邸以金易致。每接僧，则顶帽具三衣，假比丘秉此挥谈，名为握君。

清门处士

海舶来有一沉香翁，剜镂若鬼工，高尺余，舶酋以上吴越王。王目为清门处士，发源于心清闻妙香也。

四奇家具

后唐福庆公主下降孟知祥。长兴四年，明宗晏驾，唐避乱，庄宗诸儿削发为苾蒭，间道走蜀。时知祥新称帝，为公主厚待犹子，赐予千计，敕器用局以沉香降真为钵，木香为匙箸，锡之。常食堂展钵，众僧私相谓曰："我辈谓渠顶相衣服均是金轮王孙，但面前四奇家具，有无不等耳。"

丧葬

魂楼墓衣

葬处土封谓之魂楼，凡两品：一如平顶炊饼，一如倒合水桶，上作铜炉形。亦有更用一重砖甃者，或刻镇物象，名墓衣。

泉台上宝冥游亚宝

显德六年，世宗庆陵殡土，发引之日，百司设祭于道。翰林院楮泉大若盏口，余令雕印字文，文之黄曰泉台上宝，白曰冥游亚宝。

义　疾

他疾惟一脏受病，劳瘵则异矣，次第传变，五脏百脉俱伤并绝，然后奄丧。人死则有虫出，中者病如前人，非死不已。一传十，十传百，展转无穷，故号义疾。

永　息　庵

右补阙正己四十四致仕，预制棺，题曰永息庵，置诸寝室。人劝移之僻地。曰："吾欲见之常运死想，灭除贪爱耳。"寿七十八，无疾而逝。

漆　宅

余尝临外氏之丧，正见漆工髹裹凶器，余因言棺椁甚如法，漆工曰："七郎中随身富贵，只赢得一座漆宅，岂可卤莽？"

布　漆　山

天成、开运以来，俗尚巨棺，有停之中寝，人立两边不相见者，凶肆号布漆山。

漆　宫　沙　府

苏司空禹珪薨，百官致祭，侍御史何登撰版文曰："漆宫永闷，沙府告成。"礼毕，余问沙府之说，曰："自隧道至窆棺之穴，皆铺沙以防阴雨泥滑，名沙府。唐人尝引用之。"

大　小　脱　空

长安人物，繁习俗，侈丧葬，陈拽寓像，其表以绫绡金银者曰大脱空，楮外而设色者曰小脱空。制造列肆茅行，俗谓之茅行家事。

土 筵 席

葬家听术士说，例用朱书铁券。若人家契帖标四界及主名，意谓亡者居室之执守，不知争地者谁耶？庵墓前甃石，若砖表之面方长高不登三尺，号曰券台。贫无力，则每祭祀以藉尊俎，谓之土筵席。

鬼

会举人名鬼

释种令超游南岳，将至祝融峰，逢赤帻紫衣人，同憩道侧。超问其所之，因密语曰："我岂人也？凡举子入试，天命俊鬼三番旁护之，欲以振发其聪明。其中为名第及时运未偶者，则无所护卫。君以一第为儿戏邪？我即其数也，隶蓬莱下宫西台，此来南岳，关会一人阴德增减耳。"

神

侯白唾神茶

侯白，隋人，性轻多戏言。尝唾壁，误中神茶像，人因责之，应曰："侯白两脚堕地，双眼觑天，太平田地，步履安然。此皆符耳，安敢望侯白哉？"

紫 相 公

进士于则谒外亲于汧阳，未至十余里，饭于野店。旁有紫荆树，村民祠以为神，呼曰紫相公。则烹茶，因以一杯置相公前，策马径去。是夜，梦峨冠紫衣人来见，自陈："余则紫相公，主一方菜蔬之属隶，有天平吏掌丰，辣判官主俭，然皆嗜茶，而奉祠者鲜以是品为供。蚤蒙厚饮，可谓非常之惠。"因口占赠诗曰："降酒先生风韵高，搅银公子更清豪。碎牙粉骨功成后，小碾当衔马脚槽。”盖则是日以小分须银匙打茶，故目为搅银公子。则家业蔬圃中祠之，年年获收。

妖

活玉巢

盩厔吏魁召士人训子弟，馆于门。士人素有蛀牙，一日复作，左腮掀肿，遂张口卧，意似瞢腾。忽闻有声发于龈腭，若切切语言，人马喧哄。渐次出口外，痛顿止。至半夜，却闻蚤来之声，仍云：“小都郎回活玉巢也。”似呵喝状，颊上蠢蠢然，直入口。弹指顷，齿大痛。诘旦，具告主人。劝呼符祝用符水，士人从之。痛已肿消，竟不知何怪也。

江淮异人录

［宋］吴　淑　撰
孔　一　校点

校点说明

《江淮异人录》,宋吴淑(947—1002)撰。淑字正仪,润州丹阳(今江苏丹阳)人。幼俊爽,属文敏速,深受韩熙载、潘佑器重。南唐进士,后以秘书郎直内史从李煜归宋,授大理评事,预修《太平御览》、《太平广记》、《文苑英华》、《太宗实录》,再迁职方员外郎。另有《事类赋》、《谑名录》传世。

本书记载唐代及南唐时道流、侠客、术士凡二十五人的奇异事迹。《四库提要》云:"徐铉尝积二十年之力成《稽神录》一书。淑为铉婿,殆耳濡目染,挹其流波,故亦喜语怪欤?"这或许是激发吴淑写作的一个因素。所载并非全属荒诞无稽,如"耿先生"一条,马令、陆游二《南唐书》均采入,可见亦堪为史书之补助。

《江淮异人录》传本有一卷、二卷之分,《宋史·吴淑传》著录为三卷,未见传本。今取文渊阁《四库全书》二卷本为底本,校以《知不足斋丛书》一卷本。二本所录均二十五人,其中二十三人全同(标题间有差异);不同之二人,《四库》本为"唐宁王"、"花姑",知不足斋本为"虔州少年"、"瞿童"。另《四库》本"干大"一条,知不足斋本作"于大",今姑依底本作"干大"。凡遇异文,择善而从,概不出校。整理校点如有不当之处,敬祈读者指正。

目　录

卷上

卷下

卷上

唐　宁　王

宁王善画马。花萼楼壁画《六马滚尘图》，明皇最爱玉面花骢，后失之，止存五马。

花　　姑

宋单父有种艺术，牡丹变易千种。明皇召至骊山，种花万本，色样不同。呼为花姑。案是书所载，皆南唐人事，独此二条为唐明皇时。考之宋元以后诸书，所引用皆同。今仍其旧，列于卷首。

沈　　汾

唐末沈汾侍御，退居乐道，家有二妾。一日，谓之曰："我若死，尔能哭我乎？"妾甚愕然，曰："安得不祥之言。"固问之，对曰："苟若此，安得不哭？"汾曰："汝今试哭，吾欲观之。"妾初不从，强之不已，妾走避之。汾执而挟之，妾不得已，乃曰："君但升榻而坐。"汾如言。二妾左右拥袂而哭。哭毕视之，汾已卒矣。

聂　师　道聂绍元附

聂师道，歙人。少好道。唐末，于涛为歙州刺史，其兄方外为道士，居于南山中，师道往事之。涛时诣方外，至于郡政，咸以咨之，乃名其山为问政山。吴朝以师道久居是山，因号为问政先生焉。初，方外在山中，郡人少信奉者。及师道至，瞻信日众。师道与友人同行，至一逆旅，友人苦热疾，村中无复医药。或教病者曰："能食少不洁，可以解。"及疾危困，复劝之。病人有难色。师道谕之曰："事急矣，何难于此？吾为汝先尝之。"乃取啖之。人感其意，乃食，而病果立愈。后给事中裴枢为歙州刺史，当唐祚之季，诏令不行。宣州田頵、池州陶雅举兵围之，累月。歙州频破之后，食尽援绝，议以城降，而城中杀外军已多，无敢将命出者。师道自请行。枢曰："君乃道士，岂可游兵革中邪？请易服以往。"师道曰："吾已受道法科教，不容易服。"乃缒之出城。二将初甚怪，及与之语，乃大喜曰："真道士也。"誓约已定，复遣还城中。及期，枢适有未尽，复欲延期，更令师道出谕之。人谓其二三，咸为危之，师道亦无难色。及复见二将，皆曰："无不可。唯给事命。"时城中人获全，师道之力也。吴太祖闻其名，召之广陵，建紫极宫以居之。一夜，有群盗入其所止，至于什器皆尽取之。师道谓之曰："汝为盗，取吾财以救饥寒也，持此将安用邪？"乃引于曲室，尽取金帛与之，仍谓曰："尔当从某处出，此无巡人，可以无患。"盗如所教，竟以不败。后吴朝遣师道往龙虎山设醮，道遇群贼劫之，将加害，其中一人熟视师道，谓同党曰："勿犯先生。"令尽取所得还之，群盗亦皆从其言。因谓师道："某即昔年扬州紫极宫中为盗者。感先生至仁之心，今以奉报。"后卒于广陵。时方遣使于湖湘，使还，至某处，见师道，问之曰："何以至此？"师道曰："朝廷遣我醮南岳。"使者以为然。及入吴境，方知师道卒矣。

聂师道侄孙绍元，少入道。风貌和雅，善属文。年二十余卒。初，绍元既病剧，有四鹤集于绍元所处屋上。及其卒，人咸见五鹤冲天而去。

李梦符

李梦符者，常游洪州市井中。年可二十余，短小而洁白，美秀如玉人。以放荡自恣，四时常插花，遍历城中酒肆，高歌大醉。好事者多召之与饮，或令为歌词，应声为之，初不经心，而各有意趣。钟传之镇洪州也，以其狂妄惑众，将罪之。梦符于狱中献词十余首，其略曰：

"插花饮酒无妨事，樵唱渔歌不碍时。"钟竟不之罪。后桂州刺史李琼遣使至洪州，言梦符乃其弟也，请遣之。钟令求于市中旅舍，其人曰："昨夜不归。"因尔不知所终。案《郡阁雅言》云：李梦符，不知何许人。梁开平初，锺传镇洪州，日与布衣饮酒，狂吟放逸，尝以钓竿悬一鱼，向市肆踏渔父引卖其词。好事者争买。得钱，便入酒家。其词有千余首传于江表，略其一两首云："村寺钟声渡远滩，半轮残月落前山。徐徐拨棹却归湾，浪叠朝霞锦绣翻。"又曰："渔弟渔兄喜到来，婆官赛了坐江隈。椰榆杓子木瘤杯，烂煮鲈鱼满案堆。"每把冰入水，及出，身上气如蒸。钟氏亡，亦不知所在。附录于此。

李　胜

书生李胜，尝游洪州西山中，与处士卢齐及同人五六辈雪夜共饮。座中一人偶言曰："雪势若此，固不可出门也。"胜曰："欲何所诣？吾能往之。"人因曰："吾有书籍在星子，君能为我取之乎？"胜曰："可。"乃出门去。饮未散，携书而至。星子距西山凡三百余里也。游帷观中有道士，尝不礼胜。胜曰："吾不能杀之，聊使其惧。"一日，道士闭户寝于室，胜令童子叩户，取李秀才匕首。道士起，见所卧枕前插一匕首，劲势犹动。自是畏惧，改心礼胜。

潘　扆

潘扆者，大理评事潘鹏之子也。少居于和州，樵采鸡笼山以供养其亲。尝过江至金陵，泊舟秦淮口。有一老父求同载过江，扆敬其老，许之。时大雪，扆市酒与同载者饮。及江中流，酒已尽，扆甚恨其少，不得醉。老父曰："吾亦有酒。"乃解巾于髻中取一小葫芦子倾之，极饮不竭。及岸，谓扆曰："子事亲孝，复有道气，可教也。"乃授以道术。扆自是所为绝异，世号曰"潘仙人"。尝至人家，见池沼中落叶甚多，谓主人曰："此可以为戏。"令以物漉之，取置之于地，随叶大小，皆为鱼。更弃于水，叶复如故。有蒯亳者，请扆为术，以娱坐宾。扆顾见门前有铁店，请其砧以为戏。既至，扆乃出一小刀子，细细切之至尽。坐宾惊愕。既而曰："假人物，不可坏也。"乃合聚之，砧复如故。

又尝于袖中出一幅旧方巾，谓人曰："勿轻此。非人有急，不可从余假之。他人固不能得也。"乃举以蔽面，退行数步，则不复见。能背本诵所未尝见书，或卷而封之，置之于前，首举一字，则诵之终卷，其间点注涂乙，悉能知之。所为此类，亦不复尽记。后亦以病卒。案马令、陆游《南唐书》俱有扆传，载其往来江淮间，自称野客。尝依海州刺史郑匡国，不甚见礼。行笥中有二锡丸，光如白虹，人触之，身首异处。其所为类剑客事。后匡国知其术，表荐于烈祖，召居紫极宫，数年卒。同时又有一潘扆，曾献神丹方于烈祖者。俱与此所载绝异，今附录于此。

陈允升

陈允升，饶州人也，人谓之陈百年。少而默静，好道。家世弋猎，允升独不食其肉，亦不与人交言。十岁，诣龙虎山入道，栖隐深邃，人鲜得见之者。或家人见之者，则奔走不顾。天祐中，人见于抚州麻姑山，计其去家七十年矣，而颜貌如初。昇元中，刺史危全讽早知其异，迎置郡中，独处一室，时或失之。尝夜坐，危谓之曰："丰城橘美，颇思之。"允升曰："方有一船橘泊牢港。案牢港一作丰城港，见《大典》二万一千一百二十九卷。今去为取之。"港去城十五里，少选便还，携一布囊，可数百颗。因共食之。危尝有姻礼，市黄金郡中，少不足用，颇呵责其下。允升曰："无怒。吾能为之。"乃取厚纸，以药涂之，投于火中，皆成金。因以足用。后危与吴师战，允升告之曰："慎勿入口中。"全讽不之悟，果败于象牙潭。

陈曙

陈曙，蕲州善坛观道士也，人谓为百岁，实亦不知其数。步行日数百里，郡人有宴席，常虚一位以待之，远近必至。烈祖闻而召之，使者未至，忽叹息曰："吾老矣，何益于国而枉见召？"后数日而使者至，再召，竟不行。保大中，尝至夜独焚香于庭，仰天拜祝，退而恸哭。俄而淮上兵革，人以为预知也。后过江居永兴景星废观，结庐独居，常有虎豹随之，亦罕有见者。及卒，数日方棺敛，而遍体发汗焉。

司马郊

司马郊，一名凝正，一名守中。游于江表，常被冠褐蹑履而行，日可千百里。每往来上江诸州，至一旅舍，安泊久之，将去，告其主人曰："我所有竹器不能将行，取火焚之。"主人曰："方风高，且竹屋低隘，不可举火。"郊不从。俄而火盛，焰出于竹瓦之隙，人皆惊骇。既而火灭，郊所有什器皆尽，卧床亦熏灼，而荐席无有焦者。至洪州市中，探鲊食之。市中小儿呼曰："道士吃鲊!"郊怒，以物击小儿，中额流血。巡人执郊送于虞候。素知其名，善劝说之，郊乃极口恶骂。虞候者不胜其怒，杖之至十，郊谓人曰："彼杖我十五，可得十五日活；杖我十，十日死矣。"既而果然。常居歙之某观，病痢困剧。观主乃口白县令姚蕴，使人候之。郊曰："姚长官何故知吾病也?"来者以告。郊怒，忽起结束，径入某山中，甚恶人言。后十余日，持一大杖，求观主，将挟之。观中道士共礼拜求救，乃免。又能诈死，以至青肿臭腐，俄而复活。后入庐山，居简寂观，因醉卧数日而卒。临终命置一杖于棺中，及葬，觉棺空，发之，唯杖在焉。

刘同圭

余外祖艾氏，其先居于洪州。有刘同圭者，赁其屋而居，家唯翁媪而已。持一筐蕈卖之，夕醉而归。积久，邻人怪之，夜穴壁窥之，见出一土缶，以水噀之，须臾蕈生，及晓刈之。及病，谓媪曰："我死，必置一杖于棺中。"及卒，如其言。初举棺以出，人觉甚重，及至半路，渐轻如无尸，荡其棺，唯觉杖在其中。发之，独得杖耳。

史公镐

兵部尚书张翰典铨有史公镐者，江南大将史公铢弟也。性冲澹乐道，尝求为扬子令，会已除官，不果。翰见其旷达多奇，试谓之曰：

"且为扬子尉,可乎?"公镐亦欣然从之。后为瑞昌令,卒于官。时方晴霁,而所居宅上独云雨。时有望见云气上有一人,绯衣乘马,冉冉而上,极高而没。

董　绍　颜

天祐时,董绍颜者,能知人。何敬洙侍李简侧,绍颜目之曰:"此非常人。"后敬洙累授节镇,为时名将。初,义祖之镇润也,绍颜在焉,常阅衙中诸将校而品第之。有蓝彦思者,谓绍颜曰:"尔多言,或中也。"绍颜曰:"君勿言,即非善终者。"彦思曰:"吾军校死于锋刃,是吾事也,何足言哉!"绍颜曰:"汝宁得好锋刃之下而死乎?"后郡郭屡灾,衙中亦为之备,或造桶以贮水,而军人因是持桶刀为乱,彦思死于难焉。

卷下

耿先生

耿先生者，江表将校耿谦之女也。少而明慧，颇有姿色。知书，稍为诗句，往往有嘉旨；而明于道术，能拘制鬼魅，通于黄白之术，变怪之事，奇伟恍惚，莫知其从何得也。保大中，江淮富盛，上好文雅，悦异奇之事，召之入宫，盖观其术，不以贯鱼之列待之，处之别院，号曰先生。先生常被碧霞帔，见上多持简，精彩卓逸，言词朗畅。手如鸟爪，不便于用，饮食皆仰于人。复不喜行宫中，常使人抱持之。每为词句，题于墙壁，自称北大先生，亦莫知其旨也。先生之术不常的然发扬于外，遇事则应，闇然而彰，上益以此重之也。始入宫，问以黄白之事，试之皆验。复广为之，而简易不烦。上尝因暇豫谓先生曰："此皆因火成之。苟不烦火，其能就乎?"先生曰："试为之，殆亦可耳。"上乃取水银，以硾纸重复裹之，封题甚密。先生纳于怀中，良久，忽若裂帛声。先生笑曰："陛下尝不信下妾之术，今日面观，可复不信耶?"持以与上。上周视，题处如旧，发之，已为银矣。又尝大雪，上戏之曰："先生能以雪为银乎?"先生曰："亦可。"乃取雪实之，削为银铤状，先生自投于炽炭中。炭埃坌起，徐以炭周覆之，过食顷，曰："可矣。"赫然洞赤，置之于地，及冷，烂然为银铤，而刀迹具在。反视其下，若垂酥滴乳之状，盖为火之所融释也。因是先生所作雪银甚多，上诞日，每作器用，献以为寿。又多巧思，所作必出于人。南海尝贡奇物，有蔷薇水、龙脑浆。蔷薇水清泚郁烈，龙脑浆补益男子，上常宝惜之，每以龙脑浆调酒服之，香气连日不绝于口。亦以赐近臣。先生见之，曰："此未为佳也。"上曰："先生岂能为之?"曰："试为之，亦可就。"乃取龙脑，以细绢袋之，悬于琉璃瓶中。上亲封题之，置酒于其侧而观之。食顷，先生曰："龙脑已浆矣。"上自起附耳听之，果闻滴沥声。且复饮。少选，又视之，见琉璃瓶中湛然勺水矣。明日发之，已半瓶，香气酷烈，逾于旧者远矣。先生后有孕，一日，谓上曰："妾此夕当产，神孙圣子，诚在此耳。请备生产之所用物。"上悉为设之，益令宫人宿于室中。夜半，烈风震霆，室中人皆震惧。是夜不复产。明旦，先生腹已消矣。上惊问之，先生曰："昨夜雷电中生子，已为神物持去，不复得矣。"先生嗜酒，至于男女大欲，亦略同于常人，后亦竟以疾终。古者神仙多晦迹混俗，先生岂其人乎！余顷在江南，常闻其事，而宫掖秘奥，说者多有异同。及江表平，今在京师，尝诣徐率更游，游即义祖孙也，宫中之事，悉能知之。因就其事，备为余言。耿先生者，父云军大校。耿少为女道士，玉貌鸟爪，常著碧霞帔，自称北大先生。始因宋齐邱进。尝见宫婢持粪扫，谓元宗曰："此物可惜，勿令弃之。"取置铛中烹炼良久，皆成白金。尝遇雪拥炉，索金盆贮雪，令宫人握雪成铤，投火中，徐举出之，皆成白金，指痕犹在。又能爊火干也，亦作炒聚。麦粒成圆珠，光彩粲然夺目。大食国进龙脑油，元宗秘爱。耿视之，曰："此未为佳。"以夹缣囊贮白龙脑数斤悬之，有顷，沥液如注，香味逾于所进。遂得幸于元宗，有娠。将产之夕，雷雨震电。及霁，娠已失矣。久之，宫中忽失元敬宋太后所在，耿亦隐去。凡月余，中外大骇。有告者云在都城外三十里方山宝华宫。在城东南三十里外。吴葛仙翁所居有丹井，一名天印山，有宝华宫碑，宫基经火，正当井处，故老云当时即焚之也。元宗亟命齐王景遂往迎太后，见与数道士方酣饮，乃迎还宫。道士皆诛死，耿亦不复得入宫中，然犹往来江淮，后不知所终。金陵好事家至今犹有耿先生写真云。案此传后半徐率更以下，马、陆《南唐书》俱全用之，惟北大先生作比邱先生，未知孰是。

张 训 妻

张训，吴太祖之将校也。口大，时谓之张大口。后立殊勋，历海、密、黄、常四郡刺史，楚州团练使，淮南节度副使，终赠太傅。其妻每言事皆神异。吴祖尝赐训铠甲与马，皆不若诸将。吴祖梦一妇人衣珠衣，告曰："公赐训甲与马非良，当为易之。"吴祖问训："尔事何神？"

训亦不能测也。有衣箱，常自启闭，训未尝见之。一日，妻出，训窃视之，果见剑并珠衣一袭。及妻归，谓训曰："君开我衣箱耶？"后与训发恶，勃然而去。先是，其妻产一子，方在乳哺，训怜其绝母，是夕，抚惜逼身而卧。及夜半，其妻忽自外，入其帐，将乳其子。训因叱之曰："既去何复来耶！"其妻不答，俄然而去。徐觉其茵褥间似有污湿，起，烛而视之，厥子首已失矣。竟莫知所之。

张　标

闽中处士张标者，有道术，能通于冥府。或三日五日卧如死，而体不冷，既苏，多说冥中事。或先言未来，一一皆验。郡中大信之。王保宜者，唐末为闽帅，持章赴朝廷，道路不通，乃泛海，因溺死。其孙侃留居闽中，因家人疾，请标祷于冥府。标从之，因曰："见君之先人在水府，有冥职。"言其家事委曲，一一皆是。

干　大

干大，居洪州西山中，四时常持花，不欲近人。尝至应圣宫，以花置道像前。道士为设茶，置之食案，须人退，干乃取饮。饮讫，置茶盏于案，长揖而去。人或揖之，亦复相揖，但不与人语耳。

江处士

歙州江处士，性冲寂，好道，能制鬼魅。乡里中尝有妇人为鬼辩附著，家人或仿佛见之。一夜，其夫觉有人与妇共寝，乃急起持之，呼人取火共缚。及火至，止见捉己所系腰带也。广求符禁，终不能绝，乃往诣江，曰："吾虽能御之，然意不欲与鬼为仇耳。既告我，当为善遣之。"令归家洒扫一室，令童子一人烹茶待。吾至，无得令人辄窥。如其言。江寻至，入室坐，令童子迎客。果见一绿衣少年，貌甚端雅，延之入室，见江再拜。江命坐，乃坐。啜茶，不交一言，再拜而去。自是妇人复故。又尝有入山伐木，因为鬼物所著，自言曰："树乃我之所止，汝今见伐，吾将何依？当假汝身为我窟宅。"自是，其人觉皮肤之内有物驰逐，自首至足，靡所不至，人不胜其苦。往诣江，人未至，鬼已先往。江所居有楼，楼北有茂竹。江方坐楼上，觉神在竹林中，呼问之，鬼具以告，且求赦过。江曰："吾已知矣。"寻而人至，谓之曰："汝可于乡里中觅寻空室人不居者，复来告吾。"人往寻得之。江以方寸纸署名与之，戒之曰："至空屋弃之。"如言，而病者获全。又尝有人为夔鬼所扰，其家置图画于楼上，皆为秽物所污。以告江，江曰："但封闭楼门三日，当使去之。"如言，三日开之，秽物尽去，而图画如故。余有所知，世居歙州，亲见其事。

钱处士

钱处士，天祐末游于江淮，尝止于金陵杨某家。初，吴朝以金陵为州，筑城西接江、东至潮沟。钱指城西荒秽之地，劝杨买之。杨从其言。及建为都邑，而杨氏所买地正在繁会之处，乃构层楼为酒肆焉。处士常宿于杨家中，夜忽起，谓人曰："地下兵马喧阗，云接令公，聒我不得眠。"人皆莫之测也。明日，义祖自京口至金陵，时人无有预知者。尝见一人，谓之曰："尔天罚将及，可急告谢自责。"人曰："我未省有过。"钱曰："尔深思之。"人良久乃曰："昨日饮食不如意，因怒其下，弃食于沟中。"钱曰："正是此，亦可急取所弃食之。"人乃取之，将以水汰去其秽，俄而雷电大震，钱曰："急并秽食之。"如言，而雷电果息。尝有人图钱之状，钱见之曰："吾反不若此常对圣人也。"人不悟。后有僧取其图置于志公塔中，人以为应。后烈祖取之入宫，陈之于内寝焉。又每为谶语，说东方事，言李氏祚仿佛一倍杨氏。初，吴奄有江淮之地，凡四十六年，而李氏三十九年。或谓杨氏自称尊号至禅代二十五年，故仿佛倍之耳。

润州处士

润州处士，失姓名。高尚有道术，人皆敬信之。安仁义之叛也，郡人惶骇,咸欲奔溃。或曰:“处士恬然居此,无恙也。”于是人稍安堵。处士有所亲挈家出郡境以避难,有女已适人,不克同往,托于处士,许之。既而围城急,处士谓女曰:“可持汝家一物来,吾令汝免难。”女乃取家中一刀以往。处士持刀遍以手折按之,复与之曰:“汝但持此若端简然,伺城中出兵,随之以出,可以无患。”如教,在万众中,无有见之者。至城外数十里村店,见其兄前,兄不之见也。乃弃刀于水中,复往,兄乃见之,惊曰:“安得至此?”女具以告。兄复令取刀持之,则不能蔽形矣。后城陷,处士不知所之。

建康异人

建康关城之东郊坛门外,尝有一人,不言姓名,于北面野水构小屋而居,才可庇身。屋中唯什器一两事,余无他物。日日入城,云乞丐,不历街巷市井,但诸寺逍遥游观而已。人颇知之。巡使以白上。上令寻迹其出处,而问其所欲。及问之,亦无所求。时盛寒,官方施贫者衲衣,见其衣单,以一衲衣与之,辞之不受。强与之,乃转与人。人益怪之,因逐之使移所居,且观其所向。乃毁屋,移于玄武湖西南。内臣张琪果园中多荒秽,亦有野水,复于水际构屋居之。时大雪数日,园人不见其出入,意其冻死,观之,见屋已坏,曰:“果死矣。”遂白官司。既而发屋视之,则方熟寝于雪中。惊起,略无寒色,乃去。后不知所之。

洪州书生

成幼文为洪州录事参军,所居临通衢而有窗。一日,坐窗下,时雨霁,泥泞而微有路,见一小儿卖鞋,状甚贫窭。有一恶少年与儿相遇,结鞋坠泥中。小儿哭求其价,少年叱之不与。儿曰:“吾家旦未有食,待卖鞋营食,而悉为所污。”有书生过而悯之,为偿其值。少年怒曰:“儿就我求钱,汝何预焉?”因辱骂之。书生甚有愠色。成嘉其义,召之与语,大奇之,因留之宿,夜共话。成暂入内,反复出,则失书生矣。外户皆闭，求之不见。少顷复至前，曰："旦来恶少子，吾不能容，断其首。"乃掷之于地。成惊曰："此人诚忤君子，然断人之首，流血在地，岂不见累乎？"书生曰："无苦。"乃出少药傅于头上，捽其发摩之，皆化为水。因谓成曰："无以奉报，愿以此术授君。"成曰："某非方外之士，不敢奉教。"书生于是长揖而去，重门皆锁闭而失所在。

杭州野翁

钟传之镇洪州也，尝遣衙中将校晏某使浙中。晏至杭州，时方寒食，州人出城，士女阗委。晏亦出。见翁妪二人，对饮于野中，其翁忽尔乘云而上，万众喧呼。妪仰望恸哭，翁为下十数丈，以手慰止之。俄而复上，极高而没。余外祖艾氏，其先识晏，亲闻其说。

糁潭渔父

吴太祖为庐州八营匠巡警，至糁潭，憩于江岸。有渔父鼓舟直至其前，馈鱼数头曰："此犹公子孙鳞次而霸也。"因四顾指曰："此皆公之山川。"吴祖异之，将遗以物，不顾而去。

宣州军士

义祖子魏王知证镇宣州，有军士失姓名，家惟夫妻而已。一日，夫自外归，求水沐浴，换新衣，坐绳床而终。妻见之，大惊曰："君死矣。"于是不哭，亦浴换衣，与夫对坐而卒。魏王因并冢葬之。

历代笔记小说大观总目

汉魏六朝

西京杂记(外五种) ［汉］刘歆 等撰 王根林 校点

博物志(外七种) ［晋］张华 等撰 王根林 等校点

拾遗记(外三种) ［前秦］王嘉 等撰 王根林 等校点

搜神记 · 搜神后记 ［晋］干宝 陶潜 撰 曹光甫 王根林 校点

世说新语 ［南朝宋］刘义庆 撰 ［梁］刘孝标 注 王根林 标点

唐五代

朝野佥载 · 云溪友议 ［唐］张鷟 范摅 撰 恒鹤 阳羡生 校点

教坊记(外七种) ［唐］崔令钦 等撰 曹中孚 等校点

大唐新语(外五种) ［唐］刘肃 等撰 恒鹤 等校点

玄怪录 · 续玄怪录 ［唐］牛僧孺 李复言 撰 田松青 校点

次柳氏旧闻(外七种) ［唐］李德裕 等撰 丁如明 等校点

酉阳杂俎 ［唐］段成式 撰 曹中孚 校点

宣室志 · 裴铏传奇 ［唐］张读 裴铏 撰 萧逸 田松青 校点

唐摭言 ［五代］王定保 撰 阳羡生 校点

开元天宝遗事(外七种) ［五代］王仁裕 等撰 丁如明 等校点

北梦琐言 ［五代］孙光宪 撰 林艾园 校点

宋元

清异录 · 江淮异人录 ［宋］陶穀 吴淑 撰 孔一 校点

稽神录 · 睽车志 ［宋］徐铉 郭彖 撰 傅成 李梦生 校点

贾氏谭录 · 涑水记闻　[宋] 张洎 司马光 撰　孔一 王根林 校点
南部新书 · 茅亭客话　[宋] 钱易 黄休复 撰　尚成 李梦生 校点
杨文公谈苑 · 后山谈丛　[宋] 杨亿口述、黄鉴笔录、宋庠整理　陈师道 撰　李裕民 李伟国 校点
归田录(外五种)　[宋] 欧阳修 等撰　韩谷 等校点
春明退朝录(外四种)　[宋] 宋敏求 等撰　尚成 等校点
青琐高议　[宋] 刘斧 撰　施林良 校点
渑水燕谈录 · 西塘集耆旧续闻　[宋] 王辟之 陈鹄 撰　韩谷 郑世刚 校点
梦溪笔谈　[宋] 沈括 撰　施适 校点
麈史 · 侯鲭录　[宋] 王得臣 赵令畤 撰　俞宗宪 傅成 校点
湘山野录 续录 · 玉壶清话　[宋] 文莹 撰　黄益元 校点
青箱杂记 · 春渚纪闻　[宋] 吴处厚 何薳 撰　尚成 钟振振 校点
邵氏闻见录 · 邵氏闻见后录　[宋] 邵伯温 邵博 撰　王根林 校点
冷斋夜话 · 梁溪漫志　[宋] 惠洪 费衮 撰　李保民 金圆 校点
容斋随笔　[宋] 洪迈 撰　穆公 校点
萍洲可谈 · 老学庵笔记　[宋] 朱彧 陆游 撰　李伟国 高克勤 校点
石林燕语 · 避暑录话　[宋] 叶梦得 撰　田松青 徐时仪 校点
东轩笔录 · 嬾真子录　[宋] 魏泰 马永卿 撰　田松青 校点
中吴纪闻 · 曲洧旧闻　[宋] 龚明之 朱弁 撰　孙菊园 王根林 校点
铁围山丛谈 · 独醒杂志　[宋] 蔡絛 曾敏行 撰　李梦生 朱杰人 校点
挥麈录　[宋] 王明清 撰　田松青 校点
投辖录 · 玉照新志　[宋] 王明清 撰　朱菊如 汪新森 校点
鸡肋编 · 贵耳集　[宋] 庄绰 张端义 撰　李保民 校点
宾退录 · 却扫编　[宋] 赵与时 徐度 撰　傅成 尚成 校点
桯史 · 默记　[宋] 岳珂 王铚 撰　黄益元 孔一 校点
燕翼诒谋录 · 墨庄漫录　[宋] 王栐 张邦基 撰　孔一 丁如明 校点
枫窗小牍 · 清波杂志　[宋] 袁褧 周煇 撰　尚成 秦克 校点
四朝闻见录 · 随隐漫录　[宋] 叶少翁 陈世崇 撰　尚成 郭明道 校点
鹤林玉露　[宋] 罗大经 撰　孙雪霄 校点

困学纪闻　[宋] 王应麟 撰　栾保群 田松青 校点
齐东野语　[宋] 周密 撰　黄益元 校点
癸辛杂识　[宋] 周密 撰　王根林 校点
归潜志 · 乐郊私语　[金] 刘祁　[元] 姚桐寿 撰　黄益元 李梦生 校点
山居新语 · 至正直记　[元] 杨瑀 孔齐 撰　李梦生 庄葳 郭群一 校点
南村辍耕录　[元] 陶宗仪 撰　李梦生 校点

明代

草木子(外三种)　[明] 叶子奇 等撰　吴东昆 等校点
双槐岁钞　[明] 黄瑜 撰　王岚 校点
菽园杂记　[明] 陆容 撰　李健莉 校点
庚巳编 · 今言类编　[明] 陆粲 郑晓 撰　马镛 杨晓波 校点
四友斋丛说　[明] 何良俊 撰　李剑雄 校点
客座赘语　[明] 顾起元 撰　孔一 校点
五杂组　[明] 谢肇淛 撰　傅成 校点
万历野获编　[明] 沈德符 撰　杨万里 校点
涌幢小品　[明] 朱国祯 撰　王根林 校点

清代

筠廊偶笔 二笔 · 在园杂志　[清] 宋荦 刘廷玑 撰　蒋文仙 吴法源 校点
虞初新志　[清] 张潮 辑　王根林 校点
坚瓠集　[清] 褚人获 辑撰　李梦生 校点
柳南随笔 续笔　[清] 王应奎 撰　以柔 校点
子不语　[清] 袁枚 撰　申孟 甘林 校点
阅微草堂笔记　[清] 纪昀 撰　汪贤度 校点
茶余客话　[清] 阮葵生 撰　李保民 校点

檐曝杂记 · 秦淮画舫录　[清] 赵翼 捧花生 撰　曹光甫 赵丽琰 校点

土风录　[清] 顾张思 撰　曾昭聪 刘玉红 校点

履园丛话　[清] 钱泳 撰　孟斐 校点

归田琐记　[清] 梁章钜 撰　阳羡生 校点

浪迹丛谈 续谈 三谈　[清] 梁章钜 撰　吴蒙 校点

啸亭杂录 续录　[清] 昭梿 撰　冬青 校点

竹叶亭杂记 · 今世说　[清] 姚元之 王晫 撰　曹光甫 陈大康 校点

冷庐杂识　[清] 陆以湉 撰　冬青 校点

两般秋雨盦随笔　[清] 梁绍壬 撰　庄葳 校点